不曾走过
怎会懂得

POSTCARD

/ 远走他乡

/ 是一种冷暖自知的选择

/ 没有退路，只能前行

葱葱
——著

海南出版社
HAINAN PUBLISHING HOUSE

图书在版编目（CIP）数据

不曾走过，怎会懂得 / 葱葱著．-- 海口：海南出版社，2016.12

ISBN 978-7-5443-6914-5

Ⅰ．①不…　Ⅱ．①葱…　Ⅲ．①长篇小说－中国－当代　Ⅳ．① I247.5

中国版本图书馆 CIP 数据核字 (2016) 第 270686 号

不曾走过，怎会懂得

作　　者：葱　葱
监　　制：冉子健
责任编辑：孙　芳
执行编辑：杨　艳　晏一群
装帧设计：阿　鬼
责任印制：杨　程
印刷装订：三河市祥达印刷包装有限公司
读者服务：蔡爱霞
海南出版社　出版发行
地址：海口市金盘开发区建设三横路 2 号
邮编：570216
电话：0898-66830929
E-mail：hnbook@263.net
经销：全国新华书店经销
出版日期：2016 年 12 月第 1 版　2016 年 12 月第 1 次印刷
开　　本：880mm × 1230mm　1/32
印　　张：6.75
字　　数：140 千
书　　号：ISBN 978-7-5443-6914-5
定　　价：32.00 元

每一天，我都在不断地变老；每一天，我都要变得更有魅力。我一点也不担心未来会怎样，任何时候，我都有重新出发的勇气。

——蒽蒽

目录

Contents

序言

Prologue

亲爱的朋友们，我写这本书，是因为真的有话想说，也有些故事想跟你们分享。

在这个全世界都吃麦当劳、喝可口可乐的年代，不同的国家之间到底还有什么区别呢？我们中国人常说的“西方”到底是什么样子呢？到外国去生活到底好不好呢？曾经，我也被这些问题困扰过。

从十八岁上大学学外语专业开始，我就决心要做一个“国际化”的人。外面的世界那么大，我一定要出去看看。

这一看就是十九年。

学外语，留学，教外语，做外语媒体，为外交机构工作，和外国人结婚，像外国人一样生孩子不坐月子，带孩子不靠老人，我看上去已经全方位“国际化”了。

我悄悄地告诉你吧：我深深地知道，我永远是一个中国人，虽然我是一个非典型的中国人，但我最关心的永远是中国的变化和中国人的幸福。

我想说一些真实的故事。这些故事也许会让渴望“西方”的你失望，实在是抱歉了。我固执地认为，我应该放下面子，说真正的实话。如果非要说我从西方文化中学到了什么重要的东西，我想就是坚持真诚的勇气吧。我再也看不下去网络上疯传的一些不负责任的“中西比较”了。中国什么都不好，“西方”什么都先进，多么令人羡慕。

然而，“西方”是哪里呢？是中国以西的所有国家吗？是从印度到中东，到俄罗斯，到欧洲，到北美洲，再到澳大利亚吗？是除了中国以外的所有发达国家的总称吗？是所有非汉语母语的国家吗？事实上，中国人津津乐道的“西方”也许根本就是一个不存在的概念。

在20世纪，信息障碍使中国人觉得外面的世界精彩神秘。对信息和交流的向往使中国人把所有的发达国家异化为了一个“西方”的概念。“西方”看上去很美，但是永远也摸不到。我们只是为自己的盲目崇拜找到了一个依托的对象。

在信息飞速发展的今天，请不要再动不动就拿出这种可笑的“中西比较”了。这个立场本身就说明你对世界还一无所知，把中国放在世界之外。因为你还坐在井底，幼稚地比较着井内和井外的天空。

我想尝试着说清楚这个很难说清楚的问题——中国人的“西方”情结，我不得不再次做一些不是比较的比较。为了语言表达的简便，我在下面的文章里经常会使用中国和中国人，欧洲和欧洲人，法国和法国人，比利时和比利时人等字眼。我想特别强调的是，我所写的仅仅限于我接触到的那一部分人和社会，并不能代表全部。我不是社会学家，我没有对任何一种社会现象进行过科学研究和统计，我所描述的只是发生在我和我的朋友身上的一些故事，它仅仅是一个侧面，不能代表全部。我不想再犯以偏概全的错误。任何一个国家，一个民族，都不能被简单地类型化为某一种形象。

我和你们一样，对世界充满好奇。我想知道中国的位置在哪里？中国人的国际形象又是什么？我一直在努力地寻找答案。

在今天，我肯定地说，没有任何一个国家会永远发达或落后，也没有任何一种文化能代表所有的真理。世界上的人，乍一看，很不一样，细心观察，没什么不一样。

中国人，你要自信。

第一章

叩响天堂的门

2010 年 9 月 12 日是个值得纪念的日子。这一天，我结束了在成都的工作，收拾行囊，告别故乡，奔赴远方。我和相识一年的“外国人”一起从成都飞到比利时，准备在比利时注册结婚。

都说欧洲是天堂，而我就要去叩响天堂的门。

九个小时的飞行之后，我们到达中转站——荷兰的阿姆斯特丹。中国离世界已经不再遥远，至少在地理意义上。

过荷兰海关检查时，我递上护照。因为之前工作的原因，我持有法国领事馆颁发的欧盟多次往返商务签证。搭乘荷航班机，从成都直飞阿姆斯特丹只需要九个小时，而荷航为了促销，为我的第二段行程荷兰阿姆斯特丹到比利时安特卫普赠送了火车票。因此，我需要在非目的地荷兰办理欧盟入关手续。荷兰警察看上去对此很不满，要求我说明来欧洲干什么。我说我代表公司来参加巴黎家居设计周，然后到比利时男朋友家休假。我提着公文包，画着淡妆，戴着黑框眼镜，说着流利的英文，从事着国际化的设计行业，FOLLOW着商务加度假的行程，就像众多中国机场的来来往往的白领一样，去上海先开个会，再到北京看个演唱会。荷兰警察根本认为我在撒谎，他觉得中国人没有这样生活的可能。他根据他的“常识”怀疑我有非法移民或到欧洲从事非法活动的倾向，我和“外国人”被荷兰警察请进海关办公室。我们被分开询问。

一个年轻的金发小警察拿出刚打印出来的一套表格，开始走程序。

“你会讲英语吗？”

“会，英语、法语、普通话、广东话都会讲，就是不会讲荷兰语。”

“你会讲很多语言了。”

“我希望如此。”

我很强势，他越是看不起人，我越要证明自己 。

“你来欧洲干什么？”

“参加巴黎设计周，然后到比利时的男朋友家休假。”

“你有巴黎主办方的邀请函吗？”

“没有纸质的，邮箱里有电子版，上网才能查。”

我故意摸出苹果手机，做土豪随时上网状。

“请先把手机放起来。”

“你准备在我们荷兰待多久？”

“半个小时而已。火车站就在地下一层，我的火车还有十分钟就开了，是末班车。先生，我要去比利时。我只是从这里下楼去坐火车而已。你可以跟我一起去站台，看着我离开。”

荷兰小警察开始抓狂。

“你有回中国的返程机票和去比利时的火车票吗？”

“没有纸质的，网上订的，我手机里有预订号码。”

“你没票怎么上火车？”

“有订票号和护照号就可以上火车和飞机了。你们荷航提倡环保购票，我很支持啊。”

“那你用手机上网查一下邮件吧。”

“没有 wifi 信号，查不到。”

“你身上有多少钱？”

“现金 300 欧元，加中国银行卡。”

“中国的银行卡在这能用吗？”

“不知道，没在荷兰购物过，不过在巴黎能用，中国工商银行在巴黎有分行。”

“300 欧元在欧洲如何生活三个月？”

“我银行卡里有钱啊，再说我男朋友还在呢。我们在中国旅行就用我的人民币，到欧洲旅行当然用他的欧元啊。”

“那你怎么没有火车票呢？”

“我得上网才能给你看啊，刚才不是告诉你了。”警察走了，去另外一个房间盘问非法移民嫌疑人的男朋友。

半个小时之后，警察回来了。

“你男朋友不知道你要去巴黎？”

“我还没告诉他我的安排，我原定到达后联系公司的法国合伙人，再确定行程。”

“你认识你男朋友多久了？”

“一年。”

“他是做什么工作的？家人叫什么名字？”

“舞台技术。母亲是雅克琳娜，妹妹叫卡拉，父亲和哥哥的名字不知道。”

“他住在哪里？请你写下来。”

“两个名字，荷兰语叫 Kortrijk，法语叫 Courtrai，比利时什么都用双语，麻烦，没办法。”

“你说你有一千欧，为什么只有三百欧元？”

“我现金只有这么多，没必要带三个月生活费上飞机啊？”

“你男朋友为什么不知道你要去巴黎？”

“我还没告诉他这些细节。”

“你做什么工作的？”

“家具设计公司市场推广。”

“有名片吗？”

“没有。”

空气凝固。

我的火车是彻底坐不上了。今天晚上难道要在这里过夜？男朋友妈妈说好来接我们的，这个点儿了，老太太还在安特卫普火车站等着我们呢，那可不是什么治安好的地方。

小警察一语不发，他好像也问不出什么了，只想这一切快点结束。

“你觉得哪些地方不明白？我可以解释。”

我强压怒火，心中做好了大闹荷兰海关的准备，大不了今天又飞回成都去吃火锅。你以为我是猥琐胆怯的偷渡客吗？持合法签证到欧洲商务旅行和访友是我的人权。

我想法证明我的行程的“合理性”，遂翻出法国合伙人的电话。

“这是我在法国的合伙人的电话和照片，你可以和他联系确认。”

警察打电话，法国合伙人接了。

“你好，请问你是 D.H 先生吗？我是荷兰移民局警察。”

“是的，我英语不好，你是谁来着？”

“警察，荷兰移民局的。你知道谁明天要来看你吗？”

“什么谁明天要来看我啊？我开车呢，你谁啊？你能说法语吗？”

荷兰小警察第二次抓狂。

“你认识 Lu 小姐吗？”

“认识。”

“她是你的朋友还是合伙人？”

“合伙人，当然也是朋友。”

“她来巴黎干什么？”

“找我啊，我开车呢，我不会说英语。”

小警察很尴尬地把话筒递给我：

“你自己说吧，他不会说英语。”

小警察装摸做样地拿起电话监听。

“你好，我被荷兰警察拦住了，还没入境，你得跟他们解释一下我的个人情况是怎样的。我回头再跟你详细解释是怎么回事。”

荷兰小警察硬着头皮接过电话，除了 ok 和 yes ，也说不出别的什么。我忽然看见，窗户外面站着一个女警官，正用眼神杀死我。我忽然意识到，她才是这一切的主使。也是，只有女人才能对外族女人这么狠。我们来势汹汹，读书比她们努力，抢了她们的工作；恋爱比她们温柔，抢了她们的男人。欲加之罪，何患无辞。

我开始生气，脸色也垮下来了。我气哼哼地拿出我的苹果电脑，翻出巴黎展会和家具的照片。

小警察进来了，一幅无奈的样子。他无法令女警官满意，也不知道再问我什么。他尴尬地坐下。我决定相信他有人性的一面，而当我翻出我们的家具样品照片给他看时，他一下子绷不住了。

"哇，家具很漂亮嘛。"

"那是，可费劲了。这是法国设计师设计的，把我折腾惨了。"

我使劲翻照片，哗哗哗。

"好的，我看够了，谢谢。这里有电脑，你打开你的邮箱给我看下回程机票。"

我打开邮箱，把巴黎的邀请函和回程机票都找出来给他看。

终于，他说："等我的同事把你的护照送回来，你就可以走了。"早点让我上网不是节约我三个小时时间，现在火车没了我怎么办？

我没有继续纠缠，因为我一秒钟都不愿意再待在这个房间。这个座位你坐下来，你有罪的假设就成立了，你要证明你无罪才能离开。

"外国人"在门口等我，他长这么大还没被警察这么折腾过。我忽然觉得，这只是开始。我跟着他到欧洲来，付出的是我，牺牲的是我。我沾不了他什么光，倒是我自己忽然不能发光了。

小警察忽然跑到门口，对我们说感谢合作，还握手告别。过了一会，他又说："我也不愿意，没办法。"

他应该是刚到海关工作，他还不习惯用傲慢与偏见来把守欧洲的大门。

我很想发火，忍了，因为我老了。

我以为我很国际化，今天的中国离世界很近，可是荷兰警察坚信中国离世界还很遥远。虽然中国政府已经可以购买希腊和意大利的国债，中国企业已经在巴黎扎根，可是中国人还需要跋涉无数的傲慢和偏见，路漫漫，漫漫。

坐在阿姆斯特丹最后一班开往安特卫普的夜车上，我特别想念来参加我在成都的告别聚会的朋友们，心中只希望一切顺利。

然而，这一场荷兰入关的风波，只是以后发生的一系列闹剧的开场白。

在智斗荷兰警察后终于从阿姆斯特丹入境（说的好像我来干坏事一样），我沾沾自喜 。我还有三个月的有效签证。我的安排是这样的：一到比利时，我就和"外国人"在他居住地的市政府申请结婚。等申请批准了，我就可以获得比利时公民配偶长期居留权，然后开始在比利时找工作。布鲁塞尔有欧盟等国际机构，凭借我的工作履历，天高海阔，前途光明。如果没有合适的工作或是自己感觉不适应的话，我们就一起回中国，大把机会等着我们呢。这三个月，我可以决定后面十年的人生发展方向。一切似乎都很美好，然而，现在想起这个计划，自己恨不得给自己一个大巴掌。

从一开始我就错了。在中国申请涉外婚姻登记并不麻烦，在比利时却麻烦得让你不想结婚了。至少我是不想结了，要不是“外国人”实心眼儿一直坚持的话。

生活中经常上演这样的故事：美丽的开始，曲折的情节，狗血的结局。正当一切如期而至，所有的事都向你要的方向徐徐发展，你轻飘飘儿、美滋滋儿，生活忽然一个急转弯，你觉得还不如在昨天死了算了，那样一切都还可以在最美的时候终结。所谓成年人，在这种时刻，就不能撒娇，不能诉苦，不能后退。成年人只能抗着，忍住恶心和愤怒，强作镇定，自欺欺人。熬到峰回路转的那一刻，你再坐下来，倒一杯酒，吐一口烟，迷糊了自己的双眼。

“今天天气好晴朗，处处百花儿香。”我们手拉手去领结婚证。市政厅门口各色彩旗迎风飘扬，这沧桑美丽的建筑是受联合国教科文组织保护的文化遗产。欧洲可不就是有内涵啊。我带着按比利时外交部的要求准备好的五份公证书：出生公证、地址公证、国籍公证、户口公证、单身公证。另外，我还根据经验多准备了一份无犯罪记录公证，这也是我认为唯一对比利时政府有意义的公证。

出国之前，为了一张我的单身证明，我们专门去了成都市民政局婚姻管理处。办事员打开我的档案，打印出单身证明，“啪”地盖了一个大红章，前后不到一分钟。盖章之前，他还表情复杂地瞄了几下站在我身后的“外国人”。登记大厅里有很多来领结婚证的年轻人，空气中飘荡着青春和爱情的味道。大厅旁边有一个登记照摄影工作室，为了好玩，我们也去照了一张。拍照的老师傅以为他的作品要用到比利时去登记结婚，特别认真，反复让“外国人”

整理了好几次头发。大红的底色，一男一女做“同革命，长相守”的造型，然后“咔嚓”一声，照片拍好了，非常方便。在中国，领结婚证也是一件很简单的事。一男一女两情相悦，带上户口本到民政局走一趟，办事员发个本，再来一句祝你们幸福，一切自然而然，就像中国人对待婚姻的态度，是到了年龄理所当然的事。重要的是两个人在一起了，而不是两个人的法律地位和公民身份的改变。如此对比之下，我自然无法想象结婚登记在比利时是多么严重的事。

在比利时，负责跨国婚姻登记的是一个中年女性：米色套装，灰色丝巾，金边眼镜——典型的比利时 Office Lady（办公室女士）打扮。我们前面也是一对进行跨国婚姻登记的情侣，男人一副乡下老实人的样子，女人应该是中亚国家的，穿着上个世纪的大花长裙，胡乱混搭着耐克运动鞋和男士大夹克。我阴暗地揣测着：办事员每天面对这些世界各色奇葩组合，内心得需要多少国际人道主义精神才能坚守住这个岗位。正在这时，男人好像对办事员的某个解释不满，他开始大声地抱怨、抗议。戴眼镜的办事员尽量冷静处理，最后也只好说：“对不起，下一位。”我们坐下，眼镜女士长舒了一口气，说：“你们好。”我想安慰她几句，又不知道说什么，只好保持着沉默。她看了看我的中国护照，说要去查一下资料，还没有办过中国人的登记。回来的时候，她手里拿着一大卷文档，坐下来就问我：“你有没有做户口的公证。”我说做了，同时把所有的材料递给她。她看了一眼，非常严肃地说：“我们这里是比利时弗拉芒区，我们的官方语言是荷兰语，你的公证书是法语的，我们不接受。”

“啊？比利时不是双语国家吗？法语也是你们的官方语言啊，为什么不承认法语文件啊？”

“比利时是三语国家，我们有三种官方语言，法语是瓦隆地区的语言，荷兰语是弗拉芒地区的语言，德语是厄本地区的语言。我们弗拉芒地区只承认荷兰语文件，只能用荷兰语进行行政工作。”

“既然这样，那我到比利时驻北京大使馆做材料认证的时候为什么没人说明这一点？他们审批了文件，盖了章，我也交了费。中国和比利时两国的外交部都给我的公证书做了认证盖了章，这就是国际认证的惯例啊。”

“西弗拉芒省的所有涉外结婚申请都由省府的大法官来审批，他对于荷兰语文件非常坚持。如果你递交法语文件，他不会审批，我们已经有很多这样被驳回的案例了。”

“大法官是谁啊？比外交部还权威？他可以不管外交部的规定？怎么会这样？我不懂。难道还要到北京去找一个荷兰语翻译？”

“北京？喔，不是的。你必须在我们弗拉芒地区找一个比利时法院认证的比利时的中文翻译来翻译你的中文公证书，在我们的法院做认证，然后再来递交结婚登记。”

“什么？那我之前的法语翻译、中国和比利时两国外交部的双认证是白做了？我交了很多费用，等了很长时间啊。”

“是的，你需要重新做，我们只承认弗拉芒地区法院认可的翻译。我可以给你找一个中文翻译的名单，你自己去打电话联系。”

“你知道吗？做这些文件很费时间和金钱，我花了500欧元呢。

如果我们付不起这些钱，那是不是连结婚的权利都没有呢？”

眼镜女士耸耸肩膀。“外国人”开始拉我的手，劝我不要生气。息怒。理智告诉我，事已至此，抓紧时间去办事才是最重要的。可是我一时接受不了这样的打击，一种巨大的不祥预感让我很压抑，三个月人生规划看来不会顺利了。

“谢谢，再见。”这已经是我不高兴时也会说的一句话了。我也学会了，客客气气，冷冷冰冰，欧洲风度。

然而，我真正想大喊的是：“你们烦不烦？干脆都讲英语得了。你们自己内部有矛盾，别为难来登记的人。”

晴天霹雳。耗时两个月、花费3000多元人民币的文件最后成为废纸一堆，全部作废。

一个国家的地方政府在涉外事务上竟然可以不听外交部的，这是我闻所未闻的。比利时全国人口1300万，少于成都市常驻人口，驾车从东到西横穿全国，只需要三个半小时。我常叫男朋友“小比利时”，因为他是一个来自小国家的小个子。我调侃他的祖国：在法国开车油门踩大点就到了比利时，如果刹车踩晚了又到了荷兰。但就是这样一个弹丸之国却有三种官方语言，两大民族，十三大政党。法语瓦隆人和荷语弗拉芒人之间，世世代代冤冤不解，这两大民族的矛盾让比利时王国长期处于内讧的状态，比利时人的国家观念也因此非常淡漠。很多弗拉芒人对国庆节、王室活动等“国家大事”漠不关心。内讧让比利时的国际形象也一片空白，虽然比利时有世界顶尖的钻石、巧克力、啤酒、艺术、漫画和核技术，但是提起比利时，很多人不是印象模糊，就是一无所知。

◇ 2013 年 7 月 21 日，菲利普王子在布鲁塞尔皇宫宣誓成为比利时第七位国王

◇ 比利时人喝着可乐，露着肚子，“满怀崇敬”地迎接新国王

在比利时，语言不是人民的沟通工具，而是政客争权夺利的武器。

比利时报纸上曾有这样一则新闻：一批比利时企业家带着投资意向到某非洲国家考察，当地比利时领事馆负责接待工作，讲荷语的弗拉芒总领事在接待会上坚持只用荷兰语讲话，当考察团的企业家用法语，甚至英语跟他交谈时，他一律拒绝回答，或者只用荷兰语回答。虽然这件事上了报纸，该外交官仍然振振有词，最后，他不仅没有得到任何处分，还掀起了一股弗拉芒外交官的“正义之风”。相比之下，中国有13亿人口，56个民族，只通行一种官方语言，在我看来，服从国家领导是天经地义的事，但我经常被这种比利时式的新闻吓得找不到下巴。受过高等教育的比利时外交官一定是熟练掌握法语的。荷兰语毕竟是一个小语种，懂的人少，如果总领事拒绝讲法语，而一部分比利时人又实在不会讲荷兰语，那双方讲英语总行了吧，工作总要进行啊。但这种通融的方法就是不行，工作可以放一边，重点是荷兰语在国家政治生活中的地位。我对荷兰语的厌恶就是这样开始的，它是骄横跋扈的弗拉芒政客的自卑和报复。

曾经，比利时的王室、贵族和资本家们只讲法语，荷兰语也被视作下层人的粗俗语言被禁止公开使用。如今，弗拉芒区经济开始走强，法语区的经济却在衰退。荷语区的弗拉芒人民相对比较勤劳，他们上缴的税收被中央财政平衡后，很大程度上又被分配给经济相对落后的法语区，那里不少人游手好闲，完全依赖救济金生活。弗拉芒政客对此极度不满，部分党派还一直强烈要求独立。弗拉芒人似乎有一种深刻的集体创伤，他们可以和法国人用流利的法语交谈，但是绝不愿意和比利时法语区的人说法语。弗拉芒政客们最在乎的事情是弗拉芒人在比利时的地位，而不是比利时在欧洲或者世界的地位。当他们的自尊心和自卑感一起发作时，就拿国家大事当小孩子过家家一样地怄气。

比利时建国之前是一个地处西欧十字路口的地区。优越的地理位置让它成为中世纪西欧贸易的中心，也沦为欧洲强国抢夺和交战的首选地。1830 年比利时独立革命成功，正式建国。但比利时人从来不是一个有内在凝聚力的集体。无论是荷语，还是法语，也都不是比利时人的母语，只是占领过他们的民族的语言。然而，为了捍卫各自的不是自己语言的语言，比利时人慷慨激昂，流血牺牲，在所不惜。在这样一个国家，超市里的每个产品都是双语标签，光是双语印刷这项成本就导致比利时超市物价贵过法国。在首都布鲁塞尔，任何一个标牌、公共文件（比如地图），都是双语。任何一个公共服务人员，都要会说双语，甚至三语。这到底有多么不方便呢？请想象每一天你说的每一个词，看到的每一个字，后面都需要用另外一种语言再来一遍。本来灵动跳跃的语言，现在后面都拖着一个大尾巴。

到比利时以后，我有一种很敏感的心态：总是忍不住想知道自己遇到的每一件倒霉事儿会不会都是因为我是中国人。我曾经问过一个弗拉芒小伙子，如果他要到法语区去学习或者办事，他能否使用荷语文件？他居然说也需要翻译，而且还得自己出翻译费。民族矛盾，语言冲突是千真万确的比利时基本国情，绝不是针对我的种族歧视。

◇ 富饶的弗拉芒城市 Gent，这里曾是中世纪西欧贸易的中心，至今保持着中世纪的风貌

◇ 今天的 Gent 仍然繁荣，同时还是一座国际大学城

在维基百科上有这样一个词条 Accident ferroviaire de Pécrot（贝克特火车事故）。2001 年 3 月 27 日，来自比利时 Wavre（法语区）火车站的一辆列车闯红灯驶入了不该驶入的铁道。而此时，来自 Louvain（荷语区）的一辆列车正在同一条轨道上向 Wavre 驶进。法语区信号员急忙电话通知荷语区信号员让他们不要让 Louvain 来的列车进站。虽然地处两大语区交界处，两边的铁路工作人员却一直各自为营，互不沟通。如此紧急的情况下，双方却因为语言不通而无法及时交换信息，延误险情 30 秒。两辆列车在 Pécrot（贝克特）小镇直接相撞。这 30 秒，本来可以挽救 8 条生命，避免 12 人重伤。事后，比利时铁路局负责人出来解释："铁路信号员这个岗位并不需要掌握法语和荷语两门语言。双方的信号员在无法沟通时都联系了布鲁塞尔铁路总局，总局及时参与了紧急调度，但由于沟通不畅和电话断线未能阻止悲剧发生。"不久之后，涉事的列车员在市民们惊恐不解的目光注视下又恢复了日常工作。

再看 2008 年汶川地震中的中国政府是如何在最短时间内调度全国所有力量救险呢？一党专政的体制和中华民族的集体认同感是不是也让我们避免了这种因为民主自由泛滥而造成的灾难呢？然而，在比利时，即便是火车相撞的血泪教训也没有让比利时政府放下仇恨，对话沟通。2011 年 12 月 7 日，首相迪吕波带领新内阁就职，全欧洲都笑了。这一天，傲娇之国比利时再创奇迹，缔造 541 天无政府的世界记录，它赶超的是战火中的伊拉克。比利时媒体怒斥比利时政党还不如伊拉克，人家至少还搭理对方。无政府的根本原因也就是两大民族的矛盾极度尖锐，无法缓和，国王出面调解也无法组阁。

在这样一个行政语言混乱不堪的国家递交跨国婚姻的申请，我犯了战略性的错误。

第二章

假作真时真亦假

按照预定时间，我把我的材料送到了一个比利时汉语翻译的家里。这个小伙子在杭州学习过两年汉语，家里摆满了中式老家具。但仅仅学习两年汉语，要翻译户口本里面的一些行政语言是不够的，在我的帮助下，他完成了翻译。我花了很多钱，又等了一个月。拿到所有材料的荷兰语版本后，我和“外国人”再次到市政厅交材料。

这一次，还是不行。

“你的离婚证明不够充分。根据比利时法律，你需要证明你的离婚是最终离婚，才能再次申请结婚登记。”

“什么叫做最终离婚？我都没有听说过。”

“最终离婚就是所有离婚法律程序已经进行完毕了，不存在任何关于财产和子女抚养的分歧，分居状态已经结束。”

“中国没有不是最终离婚的离婚。我的离婚证上写得很清楚，一切事务已经协商处理完毕了。中国离婚就是发一个离婚证，我没有别的证明了。”

“中国法院不发最终离婚判决书吗？”

“我是协议离婚，没有上法院。双方协议好，去民政局签字，政府收回作废的结婚证，发一个离婚证。就是这样，没有别的东西了。”

“不行，我需要你的最终离婚证明。”

“我不能给你一个在中国法律上不存在的文件。你们这里有别的中国人登记结婚吗？类似的情况你们怎么处理呢？”

“没有，你是第一个。”

“那其他的城市呢？总有中国人登记结婚吧？”

“其他城市的情况我不知道。”

再次卡住。

压抑怒火，想法协调，用语礼貌，态度坚决，我都开始形成处理“国际争端”的个人风格了。

“那你能不能告诉我，你需要我证明的到底是什么？是我单身还是离婚手续完成了？我可以去中国的公证处根据你的要求专门做一个公证书。”

“我也不知道，我去打个电话问问吧。”

我们的交流是用英语，“外国人”时不时会帮着我直接用荷兰语解释。有什么比这更煞风景的结婚登记呢？“外国人”拿着我的中国离婚证不停跟政府说我之前那婚是绝对离的很干净，仿佛他是我的无污点证人。

办理结婚登记的女士回来了，她再次强调：“没有人知道。你去

◇ 结婚申请递交地——比利时克特莱克（Kortrijk）市的市区风光

做一个你说的公证书吧。你做了我再交上去，看大法官怎么判断。”

好嘛，拿我当小白鼠。

“谢——谢——你！再——见！”

我把谢谢和再见当成一句气话，故意将语气说得很重。时间在飞速流逝，三个月的时间现在只剩下一半。我无法理解的是，这个女士为什么不一次把所有的问题都告诉给我，而是每次发现一个新问题？

看我气急败坏，“外国人”小心翼翼地说：“比利时有很多外籍人士假结婚混居留权的情况，现在政府查得很严。他们可能是故意设置一些障碍，让假结婚的人知难而退。你不要着急，应该镇定，不然他们就更怀疑了。”

“什么？假结婚？又来了。怎么我好好的一个人，到这儿就老是有罪啊？他们要是怀疑我假结婚可以明着问我啊。我们的交往过程，对彼此的了解程度，我的职业，这些都是证据啊。为什么不问我就直接怀疑我，还使用这种手段来折磨我？”

“可能是因为假结婚的实在太多，他们只能这样。真想结婚的总会忍受一切，坚持走完程序，但假结婚的就会打退堂鼓了啊。”

“这么说，如此复杂还是对真爱的考验啊？”

发完牢骚生完气，这个婚我还得结。我给父亲打电话，麻烦他去成都公证处跑一趟。至于“最终离婚”这个中国不存在的公证该如何做？我也不知道。我只是觉得一个老人家亲自去和他们沟通，请他们理解，公证员如果有人情味，应该会破例给我做一个。最后，父亲跑了两次成都公证处，说了无数好话，终于在两周后把这份文件特快专递到了比利时。

欧洲近年来经济衰退，失业率、犯罪率攀高，恐怖主义泛滥，这样的形势使得很多西欧国家在处理外来移民的问题上异常保守和谨慎，比利时当然也不例外。自 2001 年起，比利时被怀疑假结婚的人数不断上升。据比利时《新闻报》（Het Nieuwsblad）和《标准报》（De Standaard）报导：2012 年，比利时一共查出假结婚案 9064 起。为了打击假结婚，比利时颁布新法律：假结婚当事人将面临长达三年的监禁（原来是三个月），罚款也从原来的 600 欧元上升到 3000 欧元。2013 年比利时外籍人士管理处发现了近 7300 起通过结婚换居留的“可疑婚姻”，这个数字比2012年减少了25％，是过去十年中降幅最大的一年。比利时前移民部长 Maggie De Block 说：“这是一个充满希望的迹象。假婚姻骗身份的后门已经被关闭，我们的法律和计划看起来行之有效。”明白了这一切背后的理由，我的心情也从不解变成了愤懑。政府想不出行之有效的办法来检验真假结婚，于是就来了个一刀切——所有的跨国婚姻都先假定是可疑的。打击假结婚我没意见，我有意见的是没有给我证明自己是真结婚的机会。欲加之罪，何患无辞。

第三次交材料的时候，我迫不及待地想知道这次的新花样，我已经被折磨得心理扭曲。我把还装在 EMS 信封里的新公证书递给眼镜女士，心想：这次应该没问题了吧。她仔细看了公证书，说：“这份补充文件很重要，我收下。”

我长舒一口气。

然而，她话锋一转，果然又找出了新的问题：“你的户口本上写着单身，但是你的单身证明上写着离婚。这是怎么回事？”

“因为户口本是很早以前发的，我那时还是学生呢。”

“这样不行，你不能证明你是单身。”

“我有民政局的单身证明啊，还有你们要求的最终离婚证明。这不是明摆着我是单身吗？”

“我们只认户口本。户口上的婚姻状况要写清楚是离婚后至今仍然单身才行。”

“那你上次为什么不一起告诉我呢？我已经翻译好了，难道现在又要重做？”

“我也是第一次处理中国人的材料，很多问题我也要不停向上级汇报，听上面指示。”

“我人在比利时啊，不可能现在去中国改户口啊。”

“可以让你家人去吗？”

“我家人不方便去。我父亲七十多岁了，为了你们要求的‘最终离婚’，他跑了好几次公证处。本来我本人不到场是不能办理的，他做了很多沟通工作。现在你们又给我提新要求。你为什么不一次都告诉我？我的签证马上过期了。我怎么办？你这不是故意为难我吗？”

场面充满火药味。

“那我们就这样把你的材料递交上去吧，大法官批不批我不敢保证。”

“什么时候能有答复？”

“最少一个月。”

“这么长时间？那我到底是回国等，还是留在这里等啊。留下来等要是最后被拒绝，我连提前订机票的时间都没有。”

“这个不是我能决定的。”

又来了，我真想对她喊：“你决定不了还不早说？这不是坑我吗？机票不要钱啊？”

她忽然站起来走了，回避我的愤怒。这一招真是高明啊，是比利时涉外婚姻登记处入职培训时训练过的吧。

我不可能就这样走了，我站起来对“外国人”说：“我要去找她的领导。”

“那也没有用啊。民政部门的领导管不了省府大法官的决定。大法官是极右派，本来就排外，他对涉外婚姻审查苛刻是符合他的政治立场的。”

“我不管那么多，我就是要让她领导知道她是怎么工作的。一问三不知，每次出个新花样，耽误我三个月时间。这是业务不精还是种族歧视？”

“没有种族歧视，其实她也一直在帮我们想办法。”

“这能叫帮我们想办法？比利时人帮助人是这种不信任、不告诉的方式啊？这么说是我不讲道理了。你们都是好人。那这婚就不结了吧。”

“没有说不结啊。政府要如何办，就如何办啊。”

“胡说，凭什么要故意刁难我。政府糊涂，自己都不知道怎么办。你就不能想想办法？就你老实听话，墨守成规。”

“不守规矩又能怎么样？想办法？怎么想办法啊。在比利时，规矩就是规矩，没办法可想。”

“你们这些欧洲人，教条，死板。你们之所以经济衰退、失业率高，就是因为从来不想办法，不求实际。每个人只会录档案、念规定，不学无术，不思进取。”

“我看你倒是挺看不上我们的。”

“受不了你们这一套官僚主义。”

大吵一架，我回家开始收拾东西。

去他的天堂般的欧洲，我不稀罕。

“外国人”看我摔箱子，不说话，只抽烟。最后，他打开电脑上网查资料：“哎呀，还好我们市的民政部领导不是极右派。我们就快要选举了，这个时候去找他，为了拉选票，他也应该会对我们很好。”

“对了，这就是我要的态度。我不是让你不守规矩，是要你主动想办法。”

“对对对，就你行，会想办法。我在比利时长这么大，还是第一次去找政客反映问题。”

“中国还有上访制度呢，你们不是民主国家嘛。”

我嘴上强硬，心里还是觉得安慰，毕竟“外国人”为了我，都被逼成“上访户”了。

为了确保明天“上访”成功，我坐下来开始准备。遭遇荷兰海关的波折之后，每当需要和欧洲的行政部门打交道，我都提前准备说词。我要用他们标榜的价值观来说明我的要求是合理的。我准备的越充分，临场就会越镇定，而这种镇定会在很大程度上让对方采取合作的态度。如果说在中国办事需要懂得如何低头求人，那么在这里就需要有理有据，态度坚决。准备说词的时候我的心情总是很慷慨激昂，好像我代表了什么，要为什么去战斗。至于我到底代表谁又要为谁去战斗，估计我后半辈子也想不明白了。

民政部的领导是个面善的中年人，西装革履，脸上挂着标准的官方微笑。我先用蹩脚的荷兰语跟他打招呼，然后解释我的法语和英语要好一些，请允许我换一种语言说明此行目的。

领导哥哥看到一位年轻亚洲女性彬彬有礼，努力说着荷兰语，很是受用。他用带着弗拉芒口音但绝对正确的法语说：“您当然可以说法语，我们弗拉芒的政府工作人员都完全具备荷语和法语的双语沟通能力。”

听听这觉悟吧，正所谓屁股决定脑袋，全世界都一样啊。

接下来，我讲述了这三个月如何屡次递交材料而始终不能通过的经历。最后，我说了这样一段话：“我完全理解比利时政府在涉外婚姻上的谨慎立场。比利时不可能为所有人敞开大门。我赞成你们严厉打击假结婚，这样才能保护真结婚。但是在你们要求我准备的所有材料当中，没有任何一份是对你们考查我的个人情况有实际意义的。出生公证、地址公证和国籍公证三大本又能说明什么呢？完全可以和户口公证一起合并成家庭背景公证。我带来的无犯罪记录公证是唯一说明一点问题的，可是你们却不需要。我连说明自己个人情况的机会都没有，你们就假设我是来假结婚混国籍的外国人。这样的人或许真是不少，但并不是每个外国人都这样。如果你们对我的个人情况稍微加以了解，就知道假结婚留在比利时的动机在我这里是不成立的。我在中国有很好的工作，有自己的不动产，有亲人朋友，我没有必要抛弃一切来这里假结婚。我到比利时来生活和工作，只会对比利时社会有益处，为比利时企业和政府机构争取和中国合作项目的机会。在全球化时代，总会有中国人到比利时来，也总会有比利时人要到中国去发展事业，盲目排外根本没有用。比利时需要有选择性有针对性地接纳外来移民，要欢迎对比利时社会和家庭有益的外国人。”

领导哥哥特别认真地听完了我的“外交辞令”。他双眼看着我，非常真诚地说：“我理解你的心情。我会跟工作人员了解情况，要求他们最大限度地配合你们。但是我不能保证在你的签证到期之前给你肯定答复，因为这是省府大法官的决定。超过签证期后，如果你想非法留下来等结婚，那么婚后可以申请合法身份。对你个人而言，这也是一个办法。但是站在我的立场，我不能建议你这样做。”

残酷的现实摆在面前，这就是未来我要生活的地方，这就是我要面对的问题。这里有美丽的风光、灿烂的人文、完善的医疗、优秀的教育、人性化的福利，可是我的位置在哪里呢？

一个在法国南部生活了多年的大学室友给我讲过这样一个故事。刚到法国的时候，她在大街上遇到一个法国人和她打招呼聊天，法国人很认真地问她中国现在是不是还有皇帝。她气得说中国还有皇帝，她就是公主。时间过去了十年，她已经从一个留学生奋斗到拥有了自己的贸易公司，当了法国人的老板。除了认识她的人，别的法国人还是习惯性地认为她只能是开中餐馆的老板，经营着八欧元随便吃的事业。很多法国人一辈子见过的唯一中国人和“中国文化”也就是那些有着奇怪菜式、恶俗装修的法国中餐馆。她曾经想回国发展，因此打电话去法国商会登记卖公司。接电话的人一听是中国人，马上就问她是要卖餐馆吗？她也哭笑不得。

我不能说我们受到了歧视，因为他们确实都在照章办事，对我们也很尊重。但是，欧洲人对中国人或是对所有他们不了解也不关注的国家的人，确实是有一种真真切切的偏见。这就是人性，这就是国家之间的差距带来的人与人之间的隔阂。任凭你个人再优秀，也无法改变这种偏见，因为它根植于欧洲华人移民的历史和整体形象中。欧洲的第一批华人移民是第一次世界大战时期北洋政府派出的华工。战争结束后，他们当中的一部分人留在了北法和比利时。

◇ 比利时伊佩尔市（IEPER）华工墓地

他们在这里度过余生，尝试着融入或不融入欧洲社会，最后客死异乡。

在欧洲待得久了，很多中国人对自己的认知也慢慢地模糊起来。夜半梦醒，谁不自问：我是谁？我从哪里来？我要到哪里去？只有当华人移民的构成和中国的国际地位真正改变了，我们才能洗去“不择手段要留下来”的原罪，我们才有资格站在选择生活方式的高度上来思考回国还是留在国外的问题。

三个月的签证期到了，我还是没有拿到结婚批准，虽然付出了时间、金钱和智慧的诸多努力。材料已经交了，我可以选择“黑”

下来等，也可以回国等有了消息再重新办签证出来。我选择回去。黑着身份等合法身份是很多欧洲华人的心病，我不想被传染。到比利时是我的人生选择之一，不是我的唯一目的。无论他们如何怀疑，我要坚持自己的立场。我需要安静下来重新思考我还要不要结婚，要不要离开我在中国的生活。从小我就是个自尊心很强的人，从读书到工作，从来都是被人夸奖和羡慕的对象，这也让我养成了骄傲好强的毛病。忽然之间，我没有了光环，没有了社会身份。我渺小无力，愤愤不平，随风飘荡。

离开比利时的时候，我去一家中餐厅和老板娘告别。这三个月，我经常去她那里吃饭聊天，大家已经成了朋友。老板娘是个热心善良的老一代福建移民，已经到比利时多年。她安慰我说："你不要难过，你老公是比利时人，一定可以拿到居留权的。"哎，我根本不是为了这个难过啊。可我怎么和她讲得清楚呢？一张合法居留毕竟是他们那一代移民辛劳一生的所求。

时代变了，人还没有变。

"外国人"请了假，专门去阿姆斯特丹送我。看我受了委屈，他也很难过：

"真是对不起。你不要担心，你先回去，有消息了我马上告诉你。"

"不用对不起，又不是你的错。万一还是不行呢？"

"那就一直坚持到他们说行为止。他们总不能一直盯着我们不放吧。我也是为市政府工作的，不行我还可以去找市长。"

瞧瞧我给培养的好苗子。

"好吧，那我走了。保重，再见。"

我无法说出来的话是："我不知道我为什么要放弃一切到这里来受这份罪。我不确定我在这里会快乐。也许你应该找个比利时姑娘，就没有这么多麻烦事情了。"

我知道他在目送我进安检，我不想回头。逃兵最怕战友真诚的眼睛。

回到成都，我想了很久该怎么办。最后，我说服了自己：既然已经费了这么多力气，那就最后再坚持一下吧。

我去派出所更新了我的婚姻状况，再把更新后的户口页做了公证书寄到了比利时。然后，我开始在成都找工作。上天好像知道我的犹豫，我马上争取到一个可以重新回到法国领事馆的职位。我的正常生活又回来了：工作，朋友，聚会，展览，咖啡馆。这种巨大的反差让我感慨，让我迷茫。我非常投入地工作，好像是要抓住这"人间"最后的机会。除了晚上和"外国人"视频，到比利时结婚这件事仿佛从来没发生过。我甚至希望我可以一直这样脚踩两只船。这让我觉得被需要，有把握。

终于，结婚申请被批准了。我一点也不激动，反而想嘲笑自己。这荒诞的情节，这超现实主义的生活啊。

我的商务签证期用完了，现在要再去比利时结婚，就必须到比利时大使馆重新申请结婚签证。我马上到各大网站查询结婚签证攻略之类的帖子。我的态度从刚开始"我有理，我怕谁"的强硬变成了谨小慎微的实用主义。我看了很多帖子，对结婚签证被拒签的各种可能有了清醒的认识。为了对付假结婚调查，我准备了若干问答题，一式两份。这些问题包含了我能想象的和网上能查到的所有可能会被问的问题，涵盖了如对方内裤牌子、身上哪里有颗痣之类的高难度题目。虽然我们不用准备也能给出差不多的答案，但是我要求“外国人”和我一起认真背答案，力求口径统一，天衣无缝。同时，我开始疯狂地整理我们所有的照片，一起去旅游留下的票根。我制作了厚厚一大本恋爱史册子，不是为了婚礼，而是为了假结婚调查。

真结婚也要像对待假结婚一样认真准备才能通过。

一天上午，我正在法国领事馆工作，比利时大使馆的调查电话来了，调查官说着中文。我马上走到早就看好的一个安静的楼层角落里。我建议她可以说法语，她很高兴地改口。好容易有个中国人可以说她的母语，省去她很多麻烦。她一上来就问了一大堆日期：认识、交往、旅游、申请结婚、生日都是哪一天。任凭是谁，爱得再深也记不得这一堆日子啊，只有假结婚提前背答案的才会对答如流啊。这样的常识在比利时政府打击假结婚的措施里完全不成立。他们可能并不在乎自己履行的程序是否真的有实际效果和意义，他们只想填完电脑上的那个表格。调查官对我的回答很满意，我在法国领事馆工作这件事让她非常放心。她应该也有和我背景类似的中国同事。她如果了解她的同事，也就了解我，也就可以在观念上把一个在领事馆里工作的中国姑娘和想靠假结婚留在比利时的外国女人区别开来。但这还没有完，忽然，她问我和未婚夫用什么语言交流，我说英语。

她马上变了口气，问道：“那你为什么要和我说法语？”

“我在工作时间，在这里说英语很奇怪啊。再说我法语比英语说得好，我更能自如地回答你的问题。”

“那你会说英语吗？”她忽然改口说英语。

“当然会说。”

“那请你用英语讲述一下你们认识的经过吧。”

我们刚刚建立起来的信任又荡然无存。调查官的理智再次被愚蠢的形式主义占领。如果她在北京工作生活，如果她对中国社会有一点认识，就知道任何受过高中教育的中国人都能说英语，只有英语学得不错的人才会到外语学院去学另外一门外语。

我在规定时间用英语“交待情况”完毕以后，她的语气又好了些。

一周以后，我收到比利时驻北京大使馆特快专递来的护照，上面有一张赴比利时的结婚签证。

我还投入在法国领事馆的工作中，不亦乐乎。我根本不想走，我觉得我现在的位置非常正确，舒筋活血。

总是在你不想要的时候，一切都来了。

飞机再一次降落在阿姆斯特丹。老江湖随手带着一个文件夹：结婚材料、我的工作证明、未婚夫的工作证明、工资单、税单、房屋证明和恋爱关系证据，能够想到的一切我都带了。还有，这次我有信用卡了。走之前，我专门到银行去开通了一张信用卡。因为讨厌生活被各种银行服务绑架，我一直拒绝信用卡。这么多年，我钱包里从来只有两张借记卡和三百元现金。对，我是为了对付荷兰警察才专门申请的信用卡。这回看看他们还有什么话好说。我订了成都经由阿姆斯特丹转机飞布鲁塞尔的机票。虽然转机地离我的目的地要近得多，但我拿着比利时签证就在比利时入境吧，绕路也没关系，只要符合荷兰警察的逻辑。

飞机晚点了，我错过了当天最后一班去布鲁塞尔的航班。我又被迫在这个“不怀好意”的国家逗留。我脑子里还回响着荷兰小警察那句：“你准备在我们的国家待多久？”我想象自己回答说一晚上吧，等荷航安排。我无法通知“外国人”，希望他能查到航班信息后见机行事，不要傻傻地开车去布鲁塞尔机场扑个空。入关的窗口堆满旅行团，原本要转机飞巴黎的成都游客现在只能全部从荷兰入境，旅行社的大巴已经在机场等候了。厉害的成都导游们一边跟荷兰警察抱怨航班晚点，一边大声嚷嚷着让小红帽们原地待命。荷兰警察们在抓脑门。我特意挑了一个黑人警察的窗口排队，你老兄总不能也看我不顺眼吧。九个月前光临过的问询室就在右边，里面的灯光白晃晃的。不知那个荷兰女警察这会还当班吗？我没敢往那个方向看。忽然，问询室里冲出一个警察朝我走过来。我的心一下子凉了。

“您好，女士。请问您会讲英语吗？我们需要一个翻译，可以耽误您几分钟的时间吗？”

一场虚惊。

扮演完友好世界公民，荷兰警察对我说：“非常感谢。”真不习惯啊。

小红帽们已奔赴前方。入关处空无一人。我拿着我的文件夹视死如归地朝那个黑人警察走过去。

我递上护照，还没等我把文件夹打开，他问我：“成都的？”

“是的，晚点了。”

“走吧。”啪，他盖了一个戳。

前后不到五秒钟。

我甚至有种遗憾，武林高手错过了华山论剑。

恍恍惚惚走进大厅，广播里在叫我的名字。他果然直接开车到阿姆斯特丹来接我了，还算机灵。

他站在出口处等着我。

我来了。我无依无靠，我只有一张结婚签证。

他笑着说："嗨。"

我的眼泪忽然涌出来。

"怎么啦？警察又找你麻烦啦？"

"没有。"

"那多好啊。你看，我不是说过吗，一切都会顺利的。你哭什么啊？"

我走过的千山万水又该从何说起呢？

"荷航说要过几天才能把行李给我送来。我担心行李会丢了。"

"不会的。"

"我最喜欢的书，衣服，床单，桌布，还有好多别的东西，都在里面。"

"大不了再重新买吧。"

"买不到的，那是我带过来的，都是我的东西。丢了就完了，什么都没了。"

"反正你要结婚了，什么都没了也不怕 。"他开玩笑道。

我终于要结婚了。

第三章

生活在别处

2012 年 7 月 14 日，距我认识“外国人”刚好两周年，我们选择在这一天于比利时 Kortrijk 市政厅注册结婚。两年前，我们在成都的一个法国国庆节聚会上认识。聊天时他问我喜欢听什么音乐，我说比利时的 Axelle Red 不错。我的回答给他留下了深刻的印象。

在这一天之前，我从没想过我会嫁给一个外国人，跟着他去国外生活。工作中长期和国际友人打交道让我非常清楚我们是多么的不同。倘若哪个国际友人胆敢对中国指指点点时，我还是个言辞激烈、态度强硬的热血中国青年。我一直认为异国婚姻是一种无奈的选择，是一条不归路。

我做过一些不错的工作，体验过一些不错的行业。很多人羡慕我自由洒脱，我自己时不时会有几分洋洋得意。我的学习经历和工作经验确实给了我一种综合优势，让我可以站得比别人高一点，能够有资格挑选，有能力完成自己喜欢的工作，实现自我成就感。这种“高一点”让我在职业发展上一帆风顺，却让我在生活中处处碰壁。我不喜欢总是谈论成功和人际关系；我厌烦男人就要有钱、女人就要漂亮的评判方式；我不会吹嘘自己和奉承别人；我忽略一些世俗的规则；我在意许多美丽而微不足道的事。

忽然收到多年不见、从来也不熟的人的结婚请柬，我不会一边骂骂咧咧地准备红包，一边打听别人封了多少钱。如果我喜欢这个人我就去祝福她，带一束最美的花或一份最特别的礼物。否则，我就不去，也不在乎别人怎么说。我们一直担心会得罪的那些人其实一点也不重要，因为他们根本就不存在，或者他们永远都会存在，不管你怎样去讨好。直率和真诚让我结交了很多好朋友，理想主义和追求自我也带给我一些不好的评价。我常有一种格格不入的疏离感。我为长年单身而抑郁，为自己是异类而担忧，为渴望同类而焦虑，为得到理解和接纳而妥协。我强迫自己接受过无数次的蹩脚相亲，频繁参加各种社交聚会。好不容易最后找到了一个“条件合适，感觉对口”的优秀青年，结局却一塌糊涂。

经常有人意味深长地劝我说这里是中国，你不要太法国。我也曾一度误以为自己对法国文化中毒太深，已经不再是一个纯粹的中国人。可事实上，我也许不是一个典型的中国人，但我永远都是一个中国人并为此而骄傲。我坚信我这样的人的存在对于中国人的构成很重要。我一点都不想改变中国人，正如我不喜欢别人非要改变我。但是我认为：中国人的价值观应该更包容，中国人的生活方式应该更多元化。这是关系到中国人能不能真正幸福的大事。

我为自己的婚礼选择了最简单的仪式——市政厅签字。新郎官在市里的剧场工作，算是政府工作人员。按照惯例，市政府为他在签字仪式后举办了一个小酒会。我只准备了两样东西：一条旧的白裙子，一张自己做的电子卡。卡片上有结婚的日期、地点和几张我们的照片，我们用邮件群发给大家，这就是请柬了。这一天大家都来了，熟悉的和不熟悉的，穿西装的和穿背带裤的，带礼物的和空手的，什么都有。这根本无所谓，有大家的微笑就够了。婚礼也可以很轻松，很随意。

仪式的主持人正是我们上访过的那个民政领导。他满面春风地对我说："女士，一切都很顺利。"

◇ 民政部的领导按礼节腰系黄丝带，主持婚礼签字仪式

简短的 15 分钟仪式后，大家聚到院子里喝酒聊天，祝贺我们。新郎官的两位发小也来了，男士背着相机帮我们抓拍照片，女士穿着背带裤对我说："抱歉，没有准备礼物。"她想把随身带的一把黄雨伞送给我们，我忙笑着说中国人结婚是不能送伞的。

市长也来了，西装革履，彬彬有礼。他跟我们握手，献上祝福，我称赞他改善治安的措施既幽默又智慧。不久前，他决定在一些危险分子聚集的公园角落安装扩音器，昼夜播放古典音乐。这些人嫌古典音乐烦就慢慢不去公园扎堆儿了。

酒会持续了 40 分钟左右，大家慢慢散去，新郎官妈妈强烈要求全家一起去餐厅吃一顿饭。我们上车的时候，天空开始飘雨。看着没带伞的朋友们冒着雨点匆匆离去，我觉得很内疚。我再三问新郎官家人真的不需要邀请他们一起去餐厅吗？就这样让别人淋着雨回去吗？大家都说没有关系。吃饭只有家人，本来就没有邀请朋友，也不会有人介意。忽然之间，我意识到很多中国式的人情世故再也不用去顾虑了，那些一直围着我指指点点的陪审团现在全都集体消失了。

全套的西餐需要很多时间，我们特别选了一个森林餐厅，吃累了可以去散步。头盘，沙拉，主菜，甜点，结婚蛋糕，咖啡和茶，这是基本的程序。为了让大家更有胃口，还特意加了一道水果冰。服务生一边在荷兰语、英语和法语之间熟练地转换，一边有条不紊地换盘上菜。我已经不记得吃了些什么，只记得那简洁雅致的餐桌和窗外的绿色森林。大家慢慢吃菜，喝酒，聊天，开玩笑。散步回来以后，我干脆在桌子底下把鞋子踢掉了。参加过无数的婚礼，这次最平淡，也最舒服自在，这就是我想要的。

◇ 在森林餐厅里，大家随意地吃着、笑着、聊着，简单舒服

晚上回家已经微醺，忽然发现屋子里到处是气球，马桶里和微波炉里也不例外。原来是新郎官的家人之前悄悄溜进来，按照传统“破坏”了新婚夫妇的家。这也算是弗拉芒式的闹洞房吧。他们说为了在屋子里藏好100个气球，手指都绑疼了，我们会不断发现新的“惊喜”。

第二天早上起来，新郎官开始看礼物：鲜花、餐馆礼券、贺卡、家居饰品，什么都有。他的同事们送了一本度假杂志。他打开一看，里面都是欧元，50欧、20欧、5欧都有，也不知道具体是谁送了多少。这样也好，大家都不用背包袱，不用按照红包数字重新清算友情。翻开报纸，结婚公告栏里有我们的照片。这就算是完婚了。

我不需要婚礼和婚纱照，但我一定要去新婚旅行。

我们从比利时出发，准备环法一周。第一站是法国西南重镇图卢兹（Toulouse）。我去看望那个当初被迫称自己是中国公主的女友。在图卢兹经商生活十余年，她体会着一个中国女人融入法国社会和家庭的收获和烦恼。

黄昏时分，烧烤的味道从花园里飘出来。在法国，夏天是在花园里和朋友们喝啤酒吃烧烤的好时节。我们的拜访礼物就是从比利时限时专运的一箱啤酒。男主人从超市里买回腌好的香肠排骨，放上烧烤架子，女主人拌好一大盆水果沙拉，就这样简简简单。吃什么是其次，重要的是朋友，好酒，音乐，聊天，尽兴。

夏日的花园里，南法的阳光下，大家吃吃喝喝，说说笑笑。“中国公主”7个月大的宝宝在树下坐着打瞌睡。宝宝偶尔醒来哭两声，也没有人马上冲过去关照他。他自己玩会儿脚丫子，又歪头睡去。

◇ 与朋友一家在花园中的聚会

我喜欢和不同国家的人聊天。生活在中西文化的夹缝中让我经常有一些和他们不一样的观点。他们因为我的观点不同，尊重我、关注我，而不是批判我、疏远我。同样的情况在中国，我就会特别谨慎。如果不是很知心的朋友，我绝不敢随便“瞎说”，晚上回家还会检讨自己有没有说错话。

朋友的公公是一个特别“爱国”的法国老先生，提起巴黎，他无比自豪。

我故意逗他说：“巴黎和北京比只不过是乡下。”

老先生眉毛抬高：“什么？”

我说：“不是吗？巴黎楼房还不够高，汽车还不够多，污染还不够重，不就是乡下嘛。”

老先生哈哈大笑：“你很幽默。”

大家一笑，气氛开始融洽了，互不认识的人也放松起来，打开了话匣子。

我们无所不谈，包括对任何事的任何看法，但是没有人会问你挣多少钱，当多大官，买多大房，为何还不结婚生子。不谈个人隐私却互相了解彼此价值观是一种很好的社交文化。每个人可以表达自己，认识别人，又没有攀比的负担。

朋友的女儿们穿着灰色条纹的吊带裙，简单耐看。法国人并不会因为是孩子就要把他们打扮得鲜艳无比。小朋友也可以穿得素雅大方，有自己的个性。女孩不一定总是粉红公主裙，男孩不一定总是深蓝小西装。我们言传身教给孩子的价值观和审美观或许就是从给他们买的第一件衣服开始的。

第二天，我们告别图卢兹，开往普罗旺斯。我要去看望一位在成都认识的法国朋友的妈妈多米尼克。

多米尼克早年离婚后一直没有再婚。她一个人住，一个人经营一家小眼镜店，一个人把儿子抚养成才。儿子从名牌大学毕业后就去了中国工作，留下她独自一人在家，守着乡下空空如也的老房子。这种中国式伟大母亲的悲剧人生却被这个自信独立的普罗旺斯女人完全改写。多米尼克年过五旬，身材修长，五官秀丽，谈吐有度，举止优雅。她过马路，步履轻盈，风姿绰约，卡车司机都会刹车向她脱帽敬礼。她的生活非常充实。她经常去镇上的唱歌班、舞会。她弹钢琴，弹吉他，不停地装饰自己的房子。她看各种室内设计的书籍，她喜欢日本的屏风艺术，她亲自设计自己想要的家。她笑说已经忙活了很多年，但是家里还没有达到最理想的效果，估计要永远忙下去了。她和现在的男朋友已经交往多年，关系融洽，但她坚持平时大家要各自生活，各回各家，只有周末才在一起共度。她在家宴请朋友，忙来忙去，男朋友就坐在她对面，笑眯眯地看着她，好像不能把眼睛移开。

我们急着赶路，多米尼克今天只能招待我们吃一顿简单的午餐了。普罗旺斯的大番茄清凉多汁，切丁后拌上橄榄油、盐和胡椒就是一道美味的沙拉。再切上几片新鲜面包和香肠，这就是午餐了。

◇ 多米尼克的普罗旺斯家宴

餐后，一杯咖啡，一支香烟，在普罗旺斯的阳光下，我们一边怀念那美味的番茄，一边聊天。我一点都不愿意她为了招待我们就在厨房里忙碌一上午，我更愿意她把时间腾出来，坐在我们旁边多说说话，分享这个美好的时刻。下次再聚，不知又是何时了。

比起每天要做三菜一汤的中国主妇，法国主妇是幸福的。法国的食品已经高度产业化，超市里有各种熟食、各种家常菜的半成品和配好的调料。把这些产品买回家，20 分钟就可以做好一家人的饭菜。法国和比利时都是鼎鼎有名的美食大国，但在日常生活中，一般家庭准备晚餐也就是拌个沙拉，煎几块肉，一点主食，一块点心。他们不会在餐桌上堆满根本吃不完的菜，但会铺上美丽的桌布，摆上雅致的餐具，点上温馨的烛光。法国商店里卖刀叉盘子的柜台也不叫餐具柜台，而叫“餐桌艺术”（Art de Table）。吃得简单并不影响吃得精致，简单反而使一切更加精致。

“中国公主”曾经请她父亲到法国度假。法国先生兴致勃勃地做了一道当地风味的烤鸡做欢迎晚餐。老父亲吃完还直嘀咕：怎么就只有一道菜啊？法国妈妈们如果累了不想做饭，就叫个披萨外卖，爸爸和孩子们还高兴得跟过节一样。换成老父亲又该纳闷了，怎么啃个大饼就把全家打发了。比利时人吃饭也很简单，很多比利时家庭一天只吃一顿热餐，另外一顿就是面包、黄油、奶酪片和火腿片。每人拿块小菜板，摊上面包片，涂涂抹抹，小孩过家家一样就把吃饭问题给解决了。我也曾觉得这相当于中国穷人家吃馒头蘸酱当饭，心里对他们好不同情，对中华饮食文化好不自豪。后来我才发现是自己孤陋寡闻，人家这是为了健康和生活质量，故意要把晚餐吃得简单清淡。勤劳的中国主妇们总是先张罗好一桌子饭菜再打电话小心翼翼地问先生和孩子今天回不回来吃饭。任劳任怨一辈子，洗啊，切啊，炒啊，她们又有几个得到过家人由衷的赞赏和珍惜？如果她们能够把做饭的时间分出一半去充实自己，是不是也会像多米尼克一样永远保持着魅力呢？

告别多米尼克，我们继续深入普罗旺斯。充足的阳光，优美的风景，丰富的乡土风情，普罗旺斯是欧洲人的度假胜地。我们最先到达上普罗旺斯－阿尔卑斯省（Haute Provence-Alpes）。这里有很多人工蓄水湖，是户外爱好者的度假胜地。如果说成都式旅游的关键词是麻将，那法国人度假的核心项目就是户外休闲运动。法国的

◇ 滑翔机爱好者正在将飞机拖上跑道

很多景区也是按照各种休闲运动方式来规划设计的。拖家带口的可以露营、徒步、骑自行车，单身贵族和老顽童们可以体验山地摩托、皮划艇、滑翔机。

法国是自行车运动大国，与荷兰、比利时一样，法国政府大力鼓励自行车出行。骑车人因为拥有交通法的优先权和环保者的道德优势，有些得理不饶人。他们要拐弯只需要往后一伸手，有的甚至连头都不回，后面的汽车就赶紧跟着刹车减速让行。

夏天一到，法国的高速公路上挤满了各种装备齐全的私家车。它们头顶着自行车和皮划艇，屁股后面拖着露营车。男人眯着眼开

◇ 通往南法"阳光高速"（Autoroute du Soleil）上头顶自行车和赛艇的私家车

◇ 在普罗旺斯享受慢生活的度假客

车，女人把腿抬到车窗后晒着肤色，孩子们在后排玩闹，狗狗们对着窗外吐着舌头。这一幕应该是很多法国人共同的度假记忆吧。

度假是和圣诞节一样重要的家庭仪式。再没有比度假更重要的事了，平时辛苦工作就是为了度假的幸福时光。在半个法国都关门的八月，想加班当劳模也难，还不如和大家一起去享受阳光。法定的五周带薪假期是这份幸福的法律保障，而这项法律的群众基础就是法国人的价值观——生活是为了和我们爱的人一起享受好时光，而不是为了名利永远奔忙。

伴随着最后一段阳光高速，我们的旅行就要结束了。不少法国人还在度假的路上。法国人不是在度假，就是在为度假而奋斗。

曾经有一个法国老朋友要到成都来看我。为了给我准备礼物，他特意问我："你最想念法国的什么？"我脱口而出——自由的气氛。他找了一个漂亮的罐子特地到南特（Nantes）的海边装了一罐空气带到成都送给了我。

大西洋的空气——别处的生活。然而，生活不应该只在别处。

第四章

雅克琳娜

雅克琳娜年轻的时候正好赶上欧洲的嬉皮士运动。于是，她也穿上了喇叭裤和领角飞扬的花衬衫，梳了中分的长发，脑子里装满了自由、和平和爱。她喜欢音乐，是当地著名的 DJ 杰瑞的女朋友。他们经常一起去主持地方上的舞会。他们用音乐引领着潮流，震撼着身着西装套裙的正经人们的视听。

他们有很多朋友，家里的门铃总是响个不停，来访者络绎不绝。在那个年代，他们是远近闻名的 DJ 搭档。有邻居晚上喝醉了酒找不着北，只要跟路人说要找 DJ 搭档，别人就能给他们指出回家的路。现在，她家的车库里还有一大堆当年留下来的革命武器：笨重的大音箱、黑胶唱片，以及各种麦克风和电线。偶尔，她和老伴儿也还会去帮旧货市集干点音响工程的零活儿，活动筋骨，贴补家用。

雅克琳娜长得斯文端庄，人很善良，个性随和。她在家中排行第九，家里并不富裕。她从小便学会了朴素节俭，克制忍耐，不和别人比较的个性。这样一个女人是很受男士欢迎的，也是最适合娶回家做老婆的人选。

雅克琳娜当初是看不上杰瑞的。兴许是觉得他个子太矮，啤酒喝得太多，对别人不大关心。不过这位 DJ 先生很聪明，他深知一个男人如果不是一个标准的好丈夫，那么他就一定要娶一个标准的好妻子。有了贤妻良母统管大后方，他只需要把工资交回家，剩下的时间就可以去酒吧逍遥自在了。他采用了敌退我进、滴水穿石的战术，每天都去找雅克琳娜告白，无论已经被拒绝了多少次。最后，胜利属于能够坚持的人。善良的雅克琳娜实在不好意思再拒绝了，就答应了。

结婚以后，年轻的泰麦尔曼夫妇搬到了租来的屋子里。他们什

◇ 雅克琳娜与杰瑞曾经是远近闻名的 DJ 搭档

么都没有，每个月还要给先生的妈妈一笔赡养费。好在雅克琳娜是个能吃苦的女人，是个不爱计较和抱怨的女人，这也是她能成为泰麦尔曼家女主人的原因。

家庭生活可以改变任何人，不管你是在哪个国家，不管你曾经是不是嬉皮士。泰麦尔曼夫妇结婚以后，还是会一起去做 DJ，只是找先生签名的女孩儿慢慢少了，打碟子的夫人也渐渐大了肚子。第三个孩子出生的时候，他们刚好搬进新买的房子。三个孩子需要照顾，三层楼的房子需要装修，雅克琳娜不得不辞去纺织公司的那份工作，做了全职母亲。

有的女人是天生适合做母亲的。她们有耐心，有爱心，没野心。她们精打细算，有条不紊；她们手脚麻利，气定神闲。她们可以一边做饭，一边招呼乱翻柜子的孩子，一边给煤气公司打电话问为什么这个月账单比上个月多了几块钱。雅克琳娜就是这样的女人。她手头并不宽裕，但是她的家永远是整洁的，她的孩子永远穿着烫得笔直的衬衫和雪白的袜子，她的水龙头总是亮澄澄的，因为她每次用完都会随手把它擦干。

雅克琳娜做得一手好针线活，裁剪缝纫也在行。她有很多缝纫工具，各种颜色的线头分门别类地装在一个大塑料盒子里。她戴着眼镜缝缝补补，用她这门手艺为泰麦尔曼家节省了不少开支。

雅克琳娜对孩子们很慈爱宽容，但她也有自己的原则。譬如，她不大喜欢孩子们去快餐厅。她一定要自己亲自削土豆，炸薯条。因为她是一个比利时家庭主妇，而薯条是比利时人发明的，她可不愿意自己的孩子去吃美国人的速冻土豆。雅克琳娜不喜欢花钱去洗衣店，她在超市里精心挑选最经济实用而又好闻的洗衣液，她要自己清洗家里的所有东西，再把它们烫得笔直。洗衣篮里那些叠得整整齐齐的干净衣服总是散发着好闻的洗衣液味道，就像是她的签名。

大儿子结婚很早，雅克琳娜用平日节俭下来的积蓄包办了新婚夫妇的家具。她说自己结婚的时候没人能够帮他们一把，太困难了，现在得尽量帮帮孩子们。新婚不久，小两口吵架，大儿子一气之下要分手。她生气地对大儿子说如果他非要离婚，就别再回父母家，她送的所有家具都必须留给儿媳妇。大儿子觉得挺没趣，就回家跟媳妇儿认错去了。

三个孩子里面，二儿子是最难缠的，他从小就是个逆反的孩子，不守规矩。

每天早上，他总是磨蹭着不愿意去上学。雅克琳娜拉他的手去学校，他拼命挣脱跑开。雅克琳娜又去拉他，却发现拉不动，原来老二的另一只手死死拽着邻居家门口的信箱。然而，当老二苦苦哀求说不想去学校时，她总是好声相劝，从来没有为此发过脾气。就这么日复一日，老二拽坏了邻居两个信箱。她拿这个不爱上学的孩子也没有办法，只觉得这孩子又好笑又可怜。但是她不认为孩子不听话，天就要塌下来。

老二上了中学，仍然爱逃学。他总是跟着几个大孩子在外面疯玩不回家，或者一回家就在房间里把摇滚乐开得震天响。他个性倔强，思想反叛，谁的话都不听，唯有雅克琳娜的话偶尔才听进半句。雅克琳娜也想多说几句来着，她忍了。她怕说多了，连那半句老二都不爱听了。

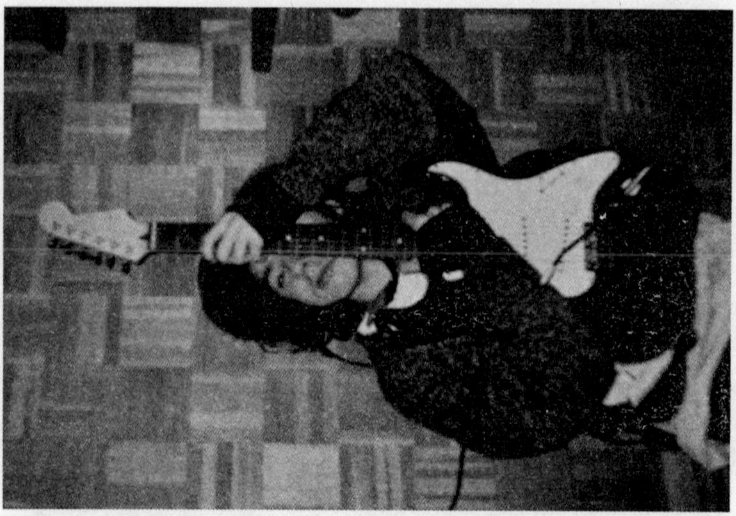

◇ 泰麦尔曼家最叛逆的二儿子

Viskoppen en goudvissen in bokalen: de jongeren van Pilch'Art gaven meteen de toon aan tijdens de kunstexpositie in de Waregemse watertoren.

Jonge kunst in de watertoren

Waregemse vrouwen klimmen op de barricaden

WAREGEM

Zes geëngageerde vrouwen richten in Waregem een kern van Vrouw en maatschappij op. Op woensdag 26 oktober nodigen zij zeven vrouwen uit die hun mannetje staan op diverse politieke niveaus. In de trouwzaal van het gemeentehuis kunnen de Waregemse vrouwen rechtuit-rechtaan vragen stellen en tafelen met onder meer Celie Dehaene-Verbeke, senator Sabine de Béthune en volksvertegenwoordiger An Hermans.

Anny Deketele, Maria Polfliet, Nadine Rigolle, Kristin Talpe, Jeanine Vervaeke en Christine Vey willen de politieke mondigheid van de vrouwen vooruithelpen. „Er is nog een lange weg te gaan alvorens de vrouwen op alle niveaus degelijk vertegenwoordigd zijn", zegt Kristin Talpe. „Weet je dat in de gemeenteraden slechts 20 procent vrouwen zetelen en dat pas dit jaar de eerste vrouw werd aangesteld als bestuurder van de Vlaamse Maatschappij voor Watervoorziening. We vinden het hoogtijd dat mannen en vrouwen in de samenleving op gelijke voet leven en de verantwoordelijkheden delen. Het is tijd voor een gelijke politieke vertegenwoordiging van mannen en vrouwen. Politiek is ook een ...

◇ 比利时报纸对市民抗议酒吧过早关门而游行的报道

当比利时政府规定所有酒吧必须在午夜前关门时，老二甚至跟着一帮“大愤青”跑到街上参加游行，表示抗议。警察来抓游行的人，未成年的老二也跟着一起被捉进监狱关了一晚上。雅克琳娜跑去警察局要人，她说警察太夸张了，小孩子凑个热闹而已，要求酒吧晚点关门又不是什么大问题。第二天，老二游行坐牢的照片上了报，她悄悄给剪下来放到文件夹里做纪念。

不过，令人意想不到的是，从小叛逆的老二，工作以后却像换了一个人，恪尽职守，认真负责。没过多久，老二就通过试用期，拿到了终身制合同，租了一个小房子。雅克琳娜赶紧把家里的几套床单被套收拾好送过去。这个不听话的孩子终于自立门户了，她大大地松了一口气。

每逢休息日，老二哪儿也不去，背上一包脏衣服乖乖地坐上火车，回雅克琳娜的家里。他从不和雅克琳娜多聊什么，就是简单地吃吃饭，看会儿电视，读几张报纸。到了晚上，他就上楼，回到他以前的房间倒头大睡。第二天早上起来，他再背上一大包干净的衣服坐火车回去上班。

三女儿最聪明，成绩最好，最听话，是最让雅克琳娜欣慰的孩子。她和雅克琳娜一样善解人意，吃苦耐劳，热心周到。

老二十八岁那年，因为和大哥吵架而喝了点小酒。他赌气要开车撒野，三妹也上车凑热闹。命运考验了泰麦尔曼全家，老二出了一次严重的车祸。救护车赶到的时候，他只剩下半条命，在挣扎着告诉救护队“妹妹还在路边田里”后他就昏过去了。救护队员最后在几米以外的一个水管子旁边找到了已经昏厥的妹妹。

两个孩子在医院里抢救。雅克琳娜和老伴给医生打电话要求注射镇静剂，他们快要疯了。女儿的大脑受伤严重，失去了瞬时记忆的功能，成了一个真正的说什么都转瞬就忘的人。成绩一直很好的三女儿因此没能够高中毕业。保险公司拒绝任何赔偿，理由是他们都没有系安全带。老二痛哭流涕，不停自责。雅克琳娜一句怪他的话都没有，她心里已经默默打算好了，要照顾女儿一辈子。事已至此，还能怎样呢？

雅克琳娜是个懂得生活艰难、随遇而安的人。

老二交了个中国女朋友，和她不怎么说得上话，雅克琳娜没有意见。他们想结婚但是不想办婚礼也不想邀请亲友，她没有意见。

◇ 雅克琳娜和她的丈夫与三女儿

她默默打听了中国人结婚的习俗，去商店买回红色的信封要做红包。他们婚后很快有了孩子，雅克琳娜心里高兴，嘴上却什么也不说。宝宝出生了，她到产房里看望新添的孙女儿，心里高兴，脸上却无比淡定。新爸爸、新妈妈不会照顾小婴儿，孩子一哭，就手忙脚乱。她在旁边看着，但不插手，除非是别人先开口问她。

宝宝出院回家一直到满月，她只是时不时给住在法国的儿子打个电话却不去看望。她不想打扰这个小家庭。她认为这个小家庭是属于新爸爸、新妈妈和小宝宝的，应该由他们自己来安排和决定一切，她没有权利来干涉。她觉得谁一开始都不会照顾小孩，慢慢学着就会了，没什么大不了的。她没有必要来充当老专家，指挥一切。

宝宝两个月，新爸爸和新妈妈带着宝宝回爷爷奶奶家。雅克琳娜这才拿出早就准备好的花衣服、纸尿布，笑呵呵地把哭着的宝宝接过去，轻车熟路地忙开了。

雅克琳娜从不干涉孩子们的事儿，她只是在他们需要的时候尽量去帮忙。孩子们因此非常尊重她，谁都离不开她，谁都不愿意惹她生气，让她失望。她从不轻易发表意见，但是她却是真正的一家之主。

三女儿的工作不好找，但是她却幸运地交了一个不错的男朋友。两个人相处融洽，关系越来越稳定。最后，三女儿也高高兴兴地搬出了雅克琳娜的家。在和男朋友一起生活了十年之后，他们去政府签了同居协议（比利时的非婚姻法定长期配偶关系），然后搬进了漂亮的新房子。这房子买来的时候就是一个只有四面墙的废墟，雅克琳娜和老伴儿一起跟着忙东忙西，只为了让孩子们能有一个舒适体面的家。

雅克琳娜终于彻底轻松了。她觉得自己这么多年的辛劳和忍耐都是值得的。

三个孩子如今都已经自立门户，搬出了雅克琳娜的家。孩子们当然会去麦当劳吃美国薯条，但是谁都不告诉她。孩子们还是喜欢经常回她那里，吃她现炸的薯条，顺便带条裤子来请她帮忙改一改。孙子孙女也总吵着要去奶奶家。

雅克琳娜的车库里，一台洗衣机和一台烘干机总是在工作。三个孩子，三个孩子的爱人，三个孩子的孩子的衣服堆成小山。她先把衣服按颜色分开，再洗涤、烘干，然后熨烫，最后叠成整齐的小方块，就连三个月大的宝宝的内衣和厨房的抹布也不例外。她家的门厅里有三个篮子，上面有字条，写着三个孩子的名字，等他们下次回来的时候就可以取走。她的家里，三个孩子的家里，所有的衣服、床单闻起来都是那个有她签名的洗衣液的味道。

雅克琳娜厨房的墙上挂着写满字儿的日历，冰箱上也贴满纸条。她是一个家庭主妇，但是她比谁都忙。她的日子安排得满满的：

周一，上午去缝纫课，中午迎接孙女到来；

周二，带孙女儿，给孙女洗衣服做饭；

周三，送走孙女儿，迎接孙子到来；

周四，开车去女儿家帮她喂狗喂猫（女儿出去度假了）；

周五，开车接送老伴去荷兰的海滩晒太阳、喝啤酒；

周六，朋友度假要回来了，帮忙采购食物，填满朋友家的冰箱；

周日，约上几个老朋友去阿登山谷散心。

如果你需要雅克琳娜的帮助，你必须提前跟她确认时间，因为所有的人都需要她。

孩子们来接孙子孙女的时候，雅克琳娜已经把篮子准备好了，里面是洗好烫好的衣服。她还会在篮子里放一张纸，上面记录着孙子孙女们在她这里几点钟喝的奶，喝了多少毫升，几点钟吃的饭，都吃了些什么，几点钟睡的觉，睡了多久。如果碰上节日或是某个孩子或孙子的生日，她会偷偷在衣服里放上一个信封，里面装上 50 欧元。她还专门去买了一种红色的信封，因为她还有一个中国媳妇儿。

雅克琳娜的冰箱从来都是半空的。除了常备的火腿、奶酪、面包，没有多余的食物。她每天去当地的农户小店里直接买新鲜的蔬菜和肉食。今天家里有几个人，能吃多少，她就买多少。如果孩子们要去她家吃饭，必须提前一天告诉她，否则就只能吃面包。她家里从来没有大超市的塑料购物袋，但是有很多小店才用的牛皮纸袋，里面装着她做菜时削下来的土豆皮和菜帮子，这是为她那些养鸡的朋友留着的。

雅克琳娜的冷柜里有很多保鲜盒。每个盒子里装满了她自己熬制的蔬菜浓汤。盖子上贴着纸条，写着蔬菜的名字和熬制的日期。这些盒子按照从远到近的日期顺序从上到下地码在冷柜里。这是为晚上吃面包而准备的，家里随时都有蔬菜汤喝。

雅克琳娜的抽屉里有一个大本子，记录着所有她认识或不认识的人的电话。有一天，二儿子忽然想起来一点事，要询问十年前分手的意大利女朋友。她翻出老电话本，找出了女孩的电话号码。等儿子挂上电话，她还半开玩笑地问这一页要不要继续保留？

雅克琳娜是个懂得随遇而安的人，但是生活并没有因此减少对她的考验。

搬进新家没过一年，三女儿和她男朋友却决定分手。雅克琳娜想起自己曾经那么多次开着车子去帮他们喂猫喂狗，好让他们安心去度假，她很伤心。她一直以为他们会永远在一起。她开着车去接女儿回家，女儿坐在车里，一言不发，什么都不愿意解释。三女儿是最听话的，也是最固执的。雅克琳娜忍着眼泪没有多问。她先把女儿接回了家，再开着车回去取她的东西。女儿每天起来在客厅里傻坐着发呆，雅克琳娜看不下去，悄悄走到厨房擦眼泪。但她最终还是什么都没多问，只是去超市买回了很多女儿从小喜欢吃的东西，放进冰箱。

雅克琳娜的爱不是说什么，而是什么都不说。她觉得这是她作为一个母亲能够付出的最大的爱。

生活再怎么考验雅克琳娜，她只是，也只能，更加随遇而安。

雅克琳娜一生养育了三个孩子。她在生了第三个孩子后就离开了工作岗位，成为了全职妈妈。这么多年，她没有经济收入，也没有把人生希望全部寄托在孩子身上。她甚至没有说过孩子们半句重话，干预过孩子们的任何事。她轻言细语，温柔慈爱，处处替人着想，她总是在家人需要帮助的时候出现，帮完忙后立刻离去，绝不过多打扰。她从来没有想过如何巩固自己在家里的地位，如何掌握家庭的财政大权这种事儿。但是，她是泰麦尔曼家的一家之主，丈夫依恋她，孩子们敬爱她，谁也离不开她，谁也不愿意看到她伤心或生气。

雅克琳娜的客厅墙上有一个老式的木质相框，里面有很多照片：她和老伴年轻时候一起做舞会 DJ，两个儿子小时候一起玩雪，她抱着刚出生的女儿。墙对面的柜子里有三个相册。两个孙子，一个孙女儿，三本影集，封面是他们刚出生时候的样子。下午，阳光正好。雅克琳娜忙完家务，煮上一杯咖啡。她就着阳光坐下来，带上老花镜，第 N 次翻开那三本影集。她仿佛又回到了自己的年轻岁月，她也生了两个儿子，一个女儿。不久前，她还在舞会上打碟，跳舞……

◇ 两个孙子，一个孙女儿，三本影集

第五章

“融入”比利时

中国人初到西欧会有一种强烈的感觉——安静，安静，还是安静。小河流淌，天空晴朗，人们说话轻声细语，打交道彬彬有礼。这里的一切轻飘飘的，静悄悄的，仿佛无比美好。

天气好的时候，咖啡厅门前的露台坐满了人。一位女士正在点酒。

“您好，请来一杯樱桃啤酒 。”

“对不起，樱桃啤酒卖完了。”

“那还有别的口味清淡一点的啤酒吗？”

“Heineken 如何？”

“拜托您，这位比利时绅士，我可不是游客。Heineken 能叫啤酒？来一杯 Hoegaardeen，加一片柠檬。”

“嘿嘿，女士，您很了解比利时啤酒啊。”

“好东西，我们就应当去了解。比利时啤酒，属于全世界。”

服务生回来了，脸上挂满自豪的微笑。他的托盘上有一杯冒着迷人气泡的 Hoegaardeen 啤酒，还有一份老板送的佐酒的奶酪花生小拼盘。

“女士，祝您愉快，有需要请随时叫我。”阳光下，我和所有的金发碧眼一起啜着啤酒，晒着太阳，不时和服务生开句玩笑。要不是我的头发还是黑的，你一定认不出我是一个亚洲人了。

事实上，亚非拉的面孔在比利时确实随处可见，中餐馆也几乎遍布了欧洲的每个小镇。就连童装店的广告牌上，也永远有一个黑

◇ 著名大众时装品牌 C&A 的童装广告

孩子、一个黄孩子和一个白孩子，他们手拉手一起快乐成长。就像中国人喜欢用三代同堂的画面来表现生活幸福，比利时和很多西欧国家，喜欢用世界不同种族融合的画面来表现欧洲社会和谐。

如果你的国家不幸战火纷飞或民不聊生，你穷途末路，看不见任何希望，又没有接受教育从而改变命运的机会。那么，你应该勇敢地来欧洲，这里有专门的移民部门负责接待外国人。他们给你免费的基础医疗，帮你安置到政府指定的廉租房，给你安排免费的语言课程，帮你联系各种工作岗位。他们真诚地希望你能在这里安居乐业，成为这个社会的一分子。他们也深知，如果没有这些吃苦耐劳、感恩戴德的外国劳工，也许他们的基础建设无法添砖加瓦，他们的孩子无人照顾，他们的口腹也会少了异域美食的滋润。欧洲人这种世界大同的胸怀和使命感从何而来呢？是源于文艺复兴留下的人权思想遗产、法国大革命中传承下来的自由平等博爱的精神、工业革命中各国工会为了争取工人阶级利益而团结一致的革命传统？还是基于雄厚的国家经济实力后盾、国际人道主义精神、国际政治舞台上的话语权？亦或是所谓的道德优越感和对世界的责任感？看我这中国人，别人对我好，我不敢轻易相信，总是怀疑其背后另有目的。

原则上，欧洲政府是愿意帮助任何外来移民的，只要你是一个心怀感激的好移民。你要遵纪守法，努力融入他们的社会，接受他们的生活习惯、游戏规则和价值观。仿佛有一个高高在上的体系永远在对你提出各种要求，而你要付出终生的努力去适应它。如果你享受了欧洲人的国际人道主义，你也必须接受欧洲人在公开出版的杂志上嘲笑和侮辱你的宗教和祖宗。这叫作言论自由，正如人人生来平等一样，这是欧洲人不可动摇的价值观和道德标准。如果你自尊心强，有独立人格和思考能力，你不甘于在一个更好的地方仅仅只是做一个典型的安分守己的外国移民，你还想在这个更好的地方，成为更好的自己，你想凭实力和欧洲人一起竞争大公司的好职位，那么你就要做好准备去迎接来自各方的挑战和压力。想雇佣你的老板必须去劳工局解释为什么这个职位非要雇佣一个外国人，老板还有可能因此被查税，你的欧洲同事也会时时盯着看你到底哪里优秀，可以和他们平起平坐。你必须全力以赴，用双倍的努力证明自己。如果你什么都不想，作为欧洲公民的配偶，你只是在经营着自己的小家庭，你也需要证明你是否有资格为这个国家培养一个未来的纳税人。

清晨，我们还没起床，门铃响了。“外国人”一边嘟囔“哪家的倒霉孩子，看我不好好教训他”，一边爬起来去客厅开门。

一个沉稳的中年男性声音传来，他说：“你好。”

“外国人”很快回到卧室。

“你快起来，警察来了，要见你。”

我愣了一下，胡乱套了件衣服，来到客厅。

一个大肚子警察提着公文箱站在客厅中间。

“你好，我是警察。我来调查一下你们的婚姻生活情况，对不起，打扰了。”

警察拿出一张表格，填上我的姓名、年龄和国籍，请我签字。

“谢谢你们，再见。”

我们还没回过神来，他就走了。

早就听说过比利时警察会突击检查假结婚，也幻想过我们对警察的各种刁钻问题对答如流的场景，没想到来的警察说话这么和气，调查这么快就结束了。

我们互相打量了对方一眼，哈哈大笑起来。

“外国人”穿着睡袍和格格巫拖鞋，我睡眼惺忪，蓬头垢面。茶几上摆满了昨天去中国超市采购的酱油和火锅底料。警察就是警察，有头脑会选时间，有眼睛会观察。这回终于该还我清白了。

几个月以后，我收到了比利时政府外籍人管理中心的一封信。他们要求我必须尽快报名参加政府组织的荷兰语和比利时社会融入课程，如果拖延太久，我就会被处以罚款。

外籍人管理中心在市中心一栋老房子里，门厅里坐满了等待谈话的亚非拉兄弟姐妹。我对面坐着一个大约是来自中亚的家庭：父亲和母亲穿着传统服装和拖鞋，露出邋遢的双脚。父亲在打瞌睡，母亲面无表情地抱着一个不停啼哭的婴儿，另外两个大点儿的孩子穿着像是借来的迪士尼T恤，正在狼吞虎咽地吃东西。这一家人看起来就像是电视新闻里的直播画面：第三世界穷苦人民走投无路，勇登诺亚方舟，漂洋过海，直奔西方极乐世界。我也不知道自己怎么忽然之间就坐在这样的一群人中间，我紧紧抱着我的文件夹，里面有一张十年前我在法国大学拿到的硕士文凭和我在中国的工作证明。这是我的救命稻草，我想证明我已经掌握了比利时官方语言之一的法语，我不是第一次到欧洲来，我不需要这样的社会融入课程。与此同时，我也不停检讨自己，我不能以貌取人，不能自以为是，不能看不起别人。我正忙着人格分裂时，一位中年男士出来请我去他的办公室。

他的名片摆在办公桌上，是个俄罗斯名字。中年男士自我介绍，说他是我的“社会融入导师”。由一个俄罗斯大叔来指导一个中国女人如何融入比利时社会，我忽然觉得这个情况会对我非常有利。

“吕女士，来自中国？”

“是的。”

“我是负责你的社会融入项目的导师。”

“您好，很高兴认识您。您说的社会融入具体指的是什么？”

“作为一个在比利时弗拉芒区生活的外国人，你必须参加政府组织的荷语学习班，考试合格以后，再参加社会融入课程。完成这两个学习过程之后，政府发给你一个外国人社会融入结业证书。这个证书证明你为融入比利时社会做出了努力。它对于你取得比利时长期居留身份，或者以后作为外国移民申请比利时的社会福利，都是必须的。”

“我的情况是这样的，我会说法语，这也是比利时的官方语言。我不是第一次来欧洲，我在法国上过学，为法国的外交部工作过。我非常熟悉欧洲，我不需要从头学起怎样融入欧洲社会。如果需要的话，我可以接受任何形式的考试或是测验。我需要时间找工作，而且我刚刚怀孕了，我不愿意在一个根本不适合我的课程上浪费时间。”我拼命地想离开诺亚方舟。

俄罗斯大叔认真看了看我递上的材料，开始对我说法语。

“中国人英语一般都说得不错，会说法语的我还是第一次碰到。

我以前上大学时也学过法语，那时候的俄罗斯，不，苏联的知识界很流行学法语。”

之前婚姻登记处的那位比利时眼镜女士对我的个人情况是不屑一顾的，所有外国人都必须走程序、等审批。俄罗斯大叔和她却不一样，他能够从另一个角度去看待外国人。因为他在“成功融入”比利时社会之前，也是一个外国人。

“先生，您知道苏联这个名称曾经对中国人意味着什么吗？中国的知识分子和政治家曾经多么热衷于学习俄语。苏联的文学和音乐在五十年代对中国人的影响太深了。不怕您笑话，我今天在这里见到您这位苏联同志还觉得有点亲切呢。”

为了达到不用挺着肚子去跟一帮来路不明的外国人上学的目的，我厚颜无耻地和他拉关系，试探着打开他的话匣子。俄罗斯大叔的眼睛果然朦胧起来。

“中国和苏联的关系是不同寻常的，我当然了解，我也一直很关注中国。不过，我是在到比利时生活之后才有机会去北京旅游。现在的中国很不一样了，发展得很快。”

“中国经济发展得不错，但是也有很多问题，污染严重，人心浮躁。我很怀念小时候的中国，那时候我们没钱，但是单纯快乐。”

我有着所有海外华人的通病，容不得外国人说中国半句不好，不管说得有没有道理。但一旦听到外国人夸中国好，自己就会很主动地检讨中国的不足。祖国母亲再不好，能够有资格批评她的，只有我中华儿女。

俄罗斯大叔看了我一眼。忽然，他降低语调，意味深长地说：

“我对中国的未来很有信心。你们比苏联干得漂亮。苏联解体是一场灾难，为了生存，我只能躲到比利时来，更多不幸的人只能留下。作为一个曾经的苏联人，我希望中国能继续发展，成为一个强大的国家，能够和欧美抗衡。这个世界不能只有一种声音。”

俄罗斯大叔坐在插着比利时国旗的办公桌后面，心里却装着这样的国际共产主义情怀。他的坦诚让我大吃一惊，我一时无法把支离破碎的俄罗斯大叔形象拼凑到一起，就这样傻在那里不知该说什么。

“吕女士，我了解你的情况。我承认，你和这里绝大部分外国移民不一样。我们的课程确实是针对受教育程度很低的移民甚至是文盲设计的，他们当中的很多人在来比利时之前只是在山上放羊。不过，你既然已经到比利时生活，何不花一点时间去了解和熟悉这个国家呢？我刚来比利时的时候也选择了去法语区。我当初的想法和你是一样的，认为法语是很优美的语言，我又有基础，荷兰语太小众了，学了也没什么大用。但我在比利时生活了二十多年，发现不懂荷兰语，真的不好找工作，因为比利时的经济力量在荷语区。此外，从我们政府管理工作的角度，除非你搬家到法语区，否则荷语区的所有外国人都必须参加这个学习，没有例外。我们的学生里还有瑞典人，加拿大人。你听我一句劝告，与其拖到最后被罚款，带着孩子还要来上课，不如现在速战速决。这些课程设计得非常简单，以你的学习能力，可以很快完成。”

我本是板着脸来，准备用怀孕证明做免死金牌，想逃脱这该死的五个月的社会融入学习，可我却平静地带着课程表和一本荷语教材离开。俄罗斯大叔做群众工作的水平确实不同凡响，他给予我的尊重、理解和指导恰恰是我当时最需要的。他找到了一个能让我接受的角度来说服我暂时放下自己的顾虑和骄傲，去做一件对自己有好处的事情。他甚至让我有种要好好学习考个满分为他争光的欲望。

◇ 比利时政府为外国移民汇编的荷兰语入门教材

强制性荷兰语学习开始了。我们上课的地点是在一所技校，班上有二十多个同学。亚洲女孩一共四个，除了我以外，还有另外一个中国女孩，以及一个菲律宾女孩和一个印度女孩。我们坐在一起。

老师的教法就是把我们当成牙牙学语的小学生，我们成天就是跟着她念句子：Hallo（你好），Hoe heet je（你叫什么名字），Waar kom je vandaan（你从哪里来）。她读一句，全班同学依次每个人跟着念一遍。对于我们千差万别的口音，她不做任何纠正。对学习中出现的语言现象，她也不做任何解释和归纳。如果有同学问到，你会发现她其实完全有水平分别用英文、法文、德文解释得很清楚，只是有些不耐烦。

我的前排坐着几个穆斯林女孩。她们都是来比利时和丈夫团聚的。她们带着头纱，说话和气，学习也认真。我经常在课间和她们用法语聊天。关系熟悉了一点以后，我大着胆子问她们是否真的喜欢一直带着头纱的感觉？比利时和法国刚出台新规定，穆斯林妇女在公共场合戴头纱，不能只露两个眼睛，必须要露出整个脸庞。她们对此有何感想？在一个和自己的文化宗教有冲突的国家生活会不会感觉很孤立？

摩洛哥女孩说：“头纱是我的信仰的一部分，也就是我的一部分。我们活在世上是为了什么呢？不就是为了寻求内心的平静吗？我的信仰让我可以永远保持内心平静，我觉得很幸福。”

突尼斯女孩说：“我以前在突尼斯的法国人开办的纺织厂里工作。法国老板不允许我们带头纱。即便是在自己的土地上，我也有不能带头纱的时候。有什么办法呢？我们穆斯林要和外界打交道，就必须学会妥协和共处。”

我跟她们讲了我对课文的看法，她们特别能够理解我的愤懑。

阿尔及利亚女孩说：“话语权总是在强者手里，他们为了自圆其说，也会歪曲事实。比如法国人总说我们阿拉伯人在法国赖着不走，不劳而获拿了他们的福利，有谁知道其实是法国人先到我们的国家来召集我的爷爷去法国的。我爷爷帮法国打仗，帮法国战后重建。打仗的时候，我爷爷和所有的阿尔及利亚士兵一样，总是成为第一批被法国军官派上前线试探敌情的牺牲品。我们为什么不可以享受法国的福利呢？这是我爷爷用鲜血和生命换来的啊。”

我们班上还有几个穆斯林小伙子，跟他们的女同胞比起来，还真是不怎么用功，还常常一副不太好说话的样子。其中一个来比利时好几年了，已经是第 N 次学荷语入门课了。前几次上课，他明显比我们这些从来没有接触过荷兰语的人反应要快。不到一周，我发现我已经慢慢地超过他了。我根本就是来应付的，也不打算在这里长待，可他却是真正想一直在这里讨生活的，他有什么理由不努力呢？

我的后排坐着一个印度女孩，她散发着一种和中国人很相似的谦和低调的气质。上课的时候，她总是用德语提出一些很关键的语法问题，让我对她刮目相看。后来，她请我去她家里喝茶聊天。她之前在印度是一位德语翻译，在孟买的一家德国银行工作。她的丈夫是一个计算机工程师，在比利时找到了一份工作，她就跟着过来了。她是短期停留的外国人，政府并不要求她学习荷兰语，但是她主动找到学校报了名，因为她不能忍受每天就这么待着什么也不干。

她身上有太多太多和中国人相似的地方：勤奋、聪明、虚心、待人谦和、处事稳重、心有城府。

有一篇课文是学习关于一天生活安排和职业的词汇。

我们的男主人公哈葛布是一个缝纫工，他除了去工厂上班，就是吃薯条看电视。而女主人公蒙色拉是一个家庭主妇，她的生活就是熨衣服，去超市，做清洁。

整篇课文关于职业的词汇只有三个：无业、工人和家庭主妇。我想，至少可以补充一些常见的职业词汇吧，像医生、邮递员、律师、面包师、司机，等等。我们当不上医生，我们总要去看医生吧。我回头看印度女孩，她无奈地耸耸肩。

这是什么狗屁教材，第三世界来的男人只能当工人，女人只能是家庭主妇。这都是什么年代了？比利时政府觉得我们需要融入欧洲，我觉得他们更需要融入世界。

圣诞节前夕，学校要求每个荷语老师要在自己的班里搞一次聚餐，让外国人能够体会到比利时人过圣诞节的气氛。这个班是一盘散沙的，每个人都有自己的小算盘，都想赶紧交差早点撤人，谁也不会想在这里交什么朋友。老师问了很多遍大家有什么想法，全班总是一片沉默。老师有点尴尬了，不知道是不是在后悔平时没能多用点心教大家。我实在看不下去了，就回头看印度女孩，她也正在蠢蠢欲动。我们交换了一个眼色，就明白了彼此的意思。我俩举手说“我们来组织吧”，平时最喜欢提问烦她的两个人这时候给她解了围。

我做了一个简单的五列表格，把聚餐任务分成了食物、饮料、装饰、清洁四个大列，另外一列是名字。印度女孩拿着这张表找每个同学签名选任务。有两个中东男同学直接表示没有兴趣，也没有时间。十分钟以后，这份表格就交到老师的手里，她可以交差了。她感激地看着我们，头一次带着欣赏的眼光对我们深深地点了一下头。

我对你的教学态度再有意见，我也不愿看你下不来台；我对这个班级再不屑一顾，事已至此，就走个形式吧，何必把场面搞得那么难堪呢。这种基本的宽容和体谅也许是中国人和印度人都具备的一种品质吧。

三个月的学习结束了。我这几周忙着到处玩，拉下了不少功课。下周就要考试，我只有使出中国学生死记硬背、临阵磨枪的看家本领。看我大着肚子，又读又背的，“外国人”很不理解。

“你不是很讨厌学习荷兰语吗？这么用功干什么啊？”

“考试前才用功，那是因为平时没用功啊。”

“平时你不是也天天去上课了吗？”

“天天去上个课就叫做用功啊？学习应该天天都复习、预习。”

“中国人都像你这么努力吗？”

“中国人里我算爱偷懒的，我们同学学法语，都整本字典地背呢。”

“中国人都是工作狂，不知道享受生活。你先歇会吧，放松一下。”

“你们是咖啡、工作、咖啡，我们是工作、咖啡、工作。我们马上就要赶超欧美了。你别打岔了，我要认真复习，考个高分，为国争光。”

“中国人真可怕。”

考试很简单，都是平时念过很多遍的句子。老师把刚改完的考卷发给大家。满分 50 分，我考了 49.5 分。印度女孩无意之间看到了我的分数，她淡淡地来了一句：“我考了 49 分，还以为我是最高分呢。”连这好比较的毛病都和中国人一样。还有一个考 48 分，是那个菲律宾女孩。老师发考卷给我们的时候看我们的眼神明显和看其他同学不一样。也许她在想有些外国人还真不能小看，怪不得中国和东南亚的经济能发展得那么快。

学习结束之后，我在一个面包店还碰见过这位荷语老师。她特别热情地跟我打招呼，问我预产期是什么时候。天下的老师都喜欢用心的学生，喜欢尊重她的学生。勤奋和善意还是可以超越偏见的，虽然我做的是那么的微不足道。我留给她的印象好一点，她也许就会对下一个中国学生多一份尊重。

融入一个社会，最难的是给自己重新定位。很多你之前一直赖以存在的社会身份和自我认同荡然无存。如果你在一个完全陌生的环境想要得到别人的尊重，你必须忘记过去，用你现在的实际行动去重新建立你的形象。

时间会证明一切，不用我耿耿于怀。

荷兰语通过之后，还需要参加社会融入课程。我们的社会融入课程老师是一位讲着蹩脚英语的俄罗斯大姐。每次上课，她都发给我们各种材料，关于比利时的政治、经济、医疗和教育。我们需要阅读材料，进行小组讨论，回答她的提问，然后再选出一个人上台发言，谈自己的心得。如果说荷兰语老师是有水平但不认真，这位俄罗斯大姐就是很认真但没水平。

今天讲比利时的语言、文化和艺术，一个很吸引人的主题。教室后排坐着一个来旁听的比利时老师。俄罗斯大姐讲到了比利时的语言问题。分组讨论的时候，教室里炸开了锅。原来每个人来登记结婚的时候，都遇到了和我一样的问题。

菲律宾女孩说："我来之前就听说了，比利时政府总是一会儿要求法语，一会儿又要求荷语，闹不清楚，我就干脆做了英语公证。结果反而没有问题。"

加拿大女孩说："我是魁北克的，我们是加拿大的法语区，也有独立思潮，但是我们的行政文件都是法英双语的。英语文件在魁北克也是可以通过的，不然还怎么叫国家的官方语言呢？我带来的法语文件，比利时政府都不认，我还得全部重新翻译成荷兰语。我加拿大的朋友都笑我：法语在比利时和加拿大都属于官方语言，你去比利时还这么麻烦。"

中国孕妇则对此发表了长篇大论："我觉得比利时人不应该把语言当成互相攻击的武器，语言是沟通的工具。既然属于同一个国家的公民，就应该互相理解。譬如，比利时的国家电视台就应该做出努力，法语电视节目可以有荷兰语字幕，荷兰语的电视节目也可以有法语字幕，这样两边的人才能增进了解。我学了三个月荷兰语，但是水平远远不能沟通。我现在和我先生说英语，将来孩子出生了，我们也许会说法语，送她去法语学校学习。我的法语水平还可以，我先生也是有法语基础的，他学法语比我学荷兰语容易太多了，这样可能对我们一家人要……"

还没等我说完，那位旁听的比利时老师忽然很激动地站起来说道："你怎么能这样说？荷兰语是我们的母语，为了荷兰语，我们可以牺牲生命。你怎么可以让……"

中国孕妇急忙解释说："我了解一些你们的历史，我明白你们的感受。我只是说根据我家的情况，说法语比较简单实用，我没有想冒犯你的意思。"

俄罗斯大姐急忙出来打圆场："同学们，我们现在讲比利时的艺术。我先给你们放个视频，我关灯了。"

视频材料做的不错，主要介绍了比利时在设计、艺术、建筑上的一些成就。

再次开灯时，大家还正处在对比利时艺术的神往中。俄罗斯大姐忽然激情澎湃，万分突兀地说："Belgium，good，very good."（比利时，好啊，非常好啊。）也许她是想搞活一下课堂气氛，但是她生硬的方式和蹩脚的英语，反而让大家非常尴尬。

俄罗斯大姐接着拿出一本鲁本斯（Rubens）的画册，她开始用她特有的简单自豪的方式介绍比利时的艺术。

"You know this？ Rubens，very good，very famous ."（你知道吗？鲁本斯，非常好，非常著名。）

一个巴基斯坦男同学指着鲁本斯一幅画中的一位女子说："我可以约她出来喝咖啡吗？"哄堂大笑。

他又问："她很漂亮啊，身材也不错，你们笑什么？"

再次哄堂大笑。本来以为他是爱出风头，没想到他真是无知者无畏。

俄罗斯大姐也不知道该如何解释，只有说："No，no ."

中国孕妇问道：“老师，这个画家为什么如此有名啊？”

罗马尼亚女孩说：“艺术不能解释，你能解释达芬奇为什么有名吗？”

“当然可以解释，他是文艺复兴时期伟大的艺术大师之一。其实我不是要老师详细解说，只要简单给我们介绍一句就行了。你这么说鲁本斯很重要，对我们没有任何意义。一个艺术家在欧洲很重要，也许你们罗马尼亚人和俄罗斯人很好理解，但我们是亚洲人，对西方美术史不熟悉。”

鲁本斯，巴洛克艺术大师，其艺术成就在西方美术史上具有重要意义。因为作品华美，颂扬君权，他本人也深受欧洲宫廷和贵族的欢迎。即便是这样一句在搜索引擎中可以找到的简单解释，俄罗斯大姐也无法给出。虽然她已经教了这门课好几年，但是她从没有去多思考一下她每天所讲的东西，因为她压根没想到有人会问为什么。

有一节课是介绍比利时社会的职业构成。老师要求大家讲述自己以前的工作。同学当中大部分人在到比利时之前都有一份非常不错的职业，护士、工程师，就连那位想约鲁本斯画中女郎喝咖啡的巴基斯坦小伙子也有一肚子开餐馆的生意经。坐在我旁边的叙利亚小伙子是政治难民，他还在深圳做过手机生意。

明天该轮到我来代表小组发言了。我不知道该怎样介绍自己的职业，我不能说我是坐办公室的，也不能说我是白领，只好找了“管理”这个虚无缥缈的词。医生看病救人，厨师烹制美食，可是我如何用最简单的话跟不同国家不同领域的人说清楚什么是管理呢？

对一件事滔滔不绝是很容易的，但用最精练的语言概括它的实质却很难，因为你必须跳出自己的框架，站在别人的角度来思考问题。

我找了三个名词来解释管理：

沟通——让大家互相了解；

协调——让大家互相配合；

统筹——让大家保持效率。

管理工作最难就是要调动别人配合自己实现目标。很多时候自己急得不行，还要耐着性子去跟人沟通。俄罗斯大姐听我讲完，对我竖起了大拇指。我可怜的虚荣心又得到了短暂的满足。

找工作是同学们最关心的事，大家对着发愣的俄罗斯大姐争着提问。

“我有罗马尼亚的护士学位和工作经验，如何过渡到比利时的医疗行业就业？”

“比利时对餐饮企业的税法制度和审批手续是怎样的？”

“我想到布鲁塞尔的国际化工集团应聘工程师，他们的工作语言是英语吗？我一定要会说荷兰语和法语吗？”

平日里一直夸赞比利时什么都很好的俄罗斯大姐，这会儿却一句话也说不出来。她根本无法针对我们各自的职业背景为我们介绍比利时相关行业的情况。

罗马尼亚护士开始抱怨：“我都已经开始在比利时养老院工作了，政府还强迫我来上这个课，我只有请假来。我以为这个课程有多重要，一点用都没有。形式主义，浪费时间。”

巴基斯坦老板开始算账：“为了上这个课，我每天要从伊佩尔赶过来，火车票能给我报销吗？”

俄罗斯大姐很尴尬地笑著说：“我们接下来了解一下比利时的历史。”

大家一片嘘声，有一个同学什么都没说，当场就走了。

第二天我走进教室，俄罗斯大姐特别兴奋地把我拉到她的电脑前，给我看了比利时一所大学的管理学课程。她非常认真地说：“我特别帮你找了一下，这个学校很好，很有名。你一定要去申请。”我挺感动，她真的开始转变了，在努力配合着我们。我没有告诉她我十年前就上过这种课程了，我用我唯一会的一句蹩脚俄语对她说了

◇ 海天之间矗立着比利时 BASE（基础）电信公司的户外广告，而新一代移民真正关心的问题也就是在比利时的天空下如何打好基础，自我发展

声谢谢。

俄罗斯大姐是个热心的人，是个善良的人，但是她永远活在从苏联逃到比利时的那个时代。比利时救她于水火之中，她对比利时也千恩万谢。她希望我们也能像她一样珍惜这份幸运，像她一样努力从形式上融入比利时社会，甚至把这当作是自己的最高荣誉。

时代变了，今天的年轻人不需要救世主，也不会活在对再造之恩的感激中。他们想平等地去了解这个国家的各个行业，想在这个新天地打下自己的牢固根基。他们想知道自己来这里能做什么？能不能更好地发挥自己的价值？能不能更幸福地生活？这才是他们需要的社会融入，也是真正的社会融入。

第六章

仁爱之光

验孕棒上两道杠，没结婚的会害怕极了，结了婚的却可以喜滋滋儿。

“喂，你一会回来的时候给我带一个樱桃派，要我最喜欢的那家甜点店的啊。”假模假样减肥的人从不放过任何大开杀戒的机会，这回总算找到尚方宝剑加免死金牌了。从现在开始，我要享受大熊猫待遇。

“外国人”捧着樱桃派刚进屋，疑似孕妇就拿出两道杠给他看：“BINGO！”（中奖了！）一半埋怨，一半喜悦。

准爸爸受到惊吓，一屁股跌进沙发。

“哇，真倒霉。天哪，我要出去喝一杯。”

“你这算是什么反应？”

“你想要这个孩子吗？”

“难道你想要杀死他吗？”

“我们刚结婚，还没好好享受一下两个人的生活呢。”

“我不小了，不能再等了。”

“我先去约个产科医生，确认一下再说。”

“我要一个女医生。”

“医生都是一样的，人家是专业人士，谁还分男的女的？”

“不行，我不习惯，我是中国人，我就要女医生。”

“中国人真奇怪。我先出去喝一杯。”

“瞧你这态度，幸亏我有结婚证，否则你早跑路了吧。”

“那还用说？外面多的是没有怀孕的女人。”

“你，你，真的是够了。算我瞎了眼。”

“开玩笑的，说什么都当真，有没有幽默感啊？”

“这也能开玩笑？这是大事。”

“什么大事，怀孕生孩子，几千年前女人就会干了。别想那么多。”

“什么想得多，我现在是重点保护对象。你不能惹我生气，对胎儿不好。”

“我怎么没听说过生气还会影响胎儿。”

“这就是中医，胎气懂吗？就是胎儿的健康。生气、抽烟、喝酒、饮食、污染、电脑、手机、辐射……都有影响。我们什么都没注意，我很担心胎儿健康呢。中国人生小孩都要提前计划，夫妻一起戒烟戒酒做运动呢。”

“切，我妈怀我时我爸照样抽烟喝酒，我妈生我前还在舞会打碟干活，看我不是挺好嘛。”

“那是他们那一代人不懂，你也只是运气好。我们现在懂科学了就要负责，不能有侥幸心理。”

“瞧你那一本正经的样儿。这孩子现在就和一粒米饭那么大，哪里知道你生气不生气。生个孩子还计划，中国人真较劲。怪不得你们人那么多，你们太会生了。我要出去喝一杯压压惊，拜拜。”

我对着樱桃派发呆，隐隐感觉到孕妇到了比利时就享受不了大熊猫似的待遇了。我忽然想起某些中国导演一直描绘的丈夫得知妻子怀孕时的画面：女人娇羞地低下头，男人高兴地抱起她来转圈儿，他们一起开心地笑了。这时，女人忽然又想起了什么，急忙捶打丈夫的肩膀甜蜜地埋怨他要小心点儿。

哟，导演你骗谁呢？

不久之后，疑似孕妇坐到了比利时 Kortrijk 市医院的等候大厅里。这是一所新建的医院，干净整洁，给人一种很放心的感觉。

“女士，请跟我进来。”一个助理样子的年轻姑娘出来叫我名字。

“您好，我是丹妮斯医生。”产科医生站在门口迎接我，跟我握手。她穿着孕妇 T 恤，她自己也怀孕了。这真让人羡慕啊，自己就是产科医生，什么都懂，气定神闲的，到时候自己一剪刀就完事了，跟泡个方便面一样利索不是？哪像我？六神无主，一无所知。

我很害怕到医院做产检，因为真的觉得很尴尬。好好一个女人，脱得光光的，两条腿架起来躺在那儿，医生还煞有介事地拿着仪器过来检查一番。丹尼斯医生和她的助手好像看出了我的紧张，她们很亲切地跟我聊天：

“这是第一个孩子吗？”

“是的。”

“第一次都会紧张，很正常，没关系，放松点。我们这里每天有上百个孕妇来做检查，一切都会好的。”

“谢谢你们。”

办公室里有一个简易的更衣间，里面只有一把椅子和一道帘子，保护着病人的隐私。虽然最终孕妇们还是得脱了衣服走出来躺在产床上，但是至少我不用一边回答医生问题，一边尴尬地在诊室中间脱衣服。

丹尼斯医生非常熟练地戴上手套，她微笑着对我说了一声：“对不起了，我要给你做检查了，会有一点不舒服。”一句对不起，初一听是意料之外，细一想却是情理之中。医生检查病人的身体确实是需要先说对不起的。病人不是躺在那里等待宰割的牲畜，他有人的尊严。病人心神不宁地来到医院，他不知道自己的身体到底发生了什么状况，他必须要把自己托付给陌生的专业人士。病人从一个医生身上感受到的第一件事并不是他的医术，而是他的慈悲心。一个和蔼可亲的大夫能够让六神无主的病人觉得心里踏实，疼痛减缓。

“女士，恭喜你，我确定你是怀孕了。”

“真的？”

“真的，这是B超图片。”

“哪里有婴儿啊？”

“这里就是。”

“这么小？”

“等你下次产检的时候，你就会发现宝宝长得很快的。前三个月胎儿是很脆弱的，你要注意……”

疑似孕妇被验明正身，惊喜交加，双脚踩在地上都觉得轻飘飘的。

我现在是孕妇了，要生孩子了。怎么办？我一无所知啊。

我在网上找了一些怀孕生产可能会用到的法语词汇，认真学习起来。我很害怕关键时刻医生说什么专业术语，而我却听不懂。在法国生过两个孩子的“中国公主”告诉我这纯属多余。到时候医生该怎样就怎样，根本不会问你的意见。即使是选择剖腹产还是自然生，也是医生说了算。你能说的话只有一句“我痛啊”，当然，说了和没说一样。还好，我已经可以分别用荷语、英语和法语说——我痛啊，这就可以在国外生孩子了。

比利时医院给我发了一本日记式的孕妇手册，里面很详细地解释了十月怀胎的每个环节和需要注意的事项，还留了很多漂亮的空白页面给孕妈妈写心得、贴照片。我可没有这么浪漫多情，每天记怀孕日记，我现在需要恶补育儿知识。我每天都抱着这本手册死啃，仿佛这是帮助我通过分娩这场大考的复习提纲。各种五花八门的中国孕妇如何养胎坐月子的内容我也看了一些，包括老人传授的经验之谈。先不论是否科学，光是其难度系数就让我打退堂鼓。我既没条件也不想麻烦。我决定一切按照医生说的办。如果有一种更简单更科学的办法可以把同样一件事做好，为什么不简单点儿呢？

和中国孕妇奉行的大补政策不同，比利时产科医生一再对我强调不要吃太多甜食和肉食，保持适量的运动。我也曾担心过自己吃惯大米咸菜的中国体质是不是还是需要中国式进补，但上网查了一下中国的孕妇食谱，立刻放弃。太折腾了，人人热爱面包黄油的比利时，谁来伺候我这个老佛爷啊。

◇ 孕期早餐：分别涂了果酱、鸭肝酱和奶酪的全麦面包，以及牛奶、鸡蛋、苹果

我从没有像现在这样认真吃过早餐——牛奶、鸡蛋、水果、全麦面包。小时候上学，长辈硬在我的口袋里塞一个鸡蛋，一出家门总是被我悄悄扔掉。长期不吃奶制品让我的身体明显缺乏钙质，随着孕期增长，胎儿长大，我的后背已经感觉到疼痛。按照医生的要求，我尽量科学搭配每天的饮食。谷物、蔬果、红白肉，我老老实实地吃下了很多完全不符合四川人胃口的科学食物。每次产检，医生都很满意我的体重增长适度。我可不敢告诉她，实在忍不住的时候，我也吃过好几回火锅。

每次过马路，所有车子齐刷刷地很远就停下来让我先过。除此之外，我没有在比利时体会到任何中国式的孕妇特殊待遇。上课、学习、干活、散步，该做的事情一样也没少做。肚子越来越大，我也会时常担心到时候怎么办。准爸爸还是那句话："孕妇不是病人，女人生孩子几千年了，这是自然本能，没什么好担心。"理智上我知道他说的正确，可心里还是希望能够享受一下这难得的被伺候的感觉，不然总觉得自己亏了。可惜，就算他半夜愿意出去帮我买酸辣粉，也没地方买。

预产期临近了，我越来越紧张。最后一次产检，我拉着护士傻兮兮地问东问西。万一我来不及到医院就生了怎么办？产房随时有医生值班吗？中国人生完孩子不能碰冷水，病房有二十四小时热水吗？中国人生完孩子不能吃生冷食物，我住院期间都吃什么？已经被繁重的工作折磨了一天的护士，虽然已经疲惫不堪，但还是耐心地回答着我的所有问题。她每天不知道要面对多少像我这样因为临盆将近而心慌意乱的孕妇。

这一天终于来了，我躺在产床上，宫缩的疼痛和巨大的恐惧阵阵袭来，一个实习的产科医生一直陪着我，不停地安慰我。我千选万选的女产科医生今天不当班，值班的医生和助产的实习医生都是男士。我大脑一片空白，双眼发直，早就顾不得医生是男是女，谁安慰我谁就是我的上帝。实习医生每隔一段时间需要检查产妇宫口打开的程度。每一次检查，他都会特别诚恳地先跟我说对不起，动作也很温柔，好像比我还更尊重我的身体。每次检查完了，他一定会说"谢谢，嗯，我们还要再等等"，好像他在和我一起生孩子。反复检查几次之后，其实我早就无所谓了，只想赶紧卸包袱走人，然而，他在长达五个小时的时间里，却一直保持着这种诚恳温和的态度。麻醉师给我打麻药的时候，他主动拉着我的手，轻轻拍着我的肩膀安慰我。我来不及记下他的名字，但是我永远记得他在这个特殊的时刻给我的巨大安慰，是他让我有了信心，可以把自己完全交给医生们。

七个小时过去了，虽然用了催产素，宝宝还是没有大动静，宝宝的心跳开始下降。医生决定剖腹产。剖腹产正如我所愿，我大大松了一口气。我被推进手术室，注射麻药。一个护士一边陪我说话，一边举着盒子接我的呕吐物。不到半个小时，我微微感到有人从我腹部拉了一个东西出来。护士把一个湿乎乎的小脑袋举到我眼前，问我要不要亲亲我女儿。我迷迷糊糊，一塌糊涂，根本没这心思，又不好意思说不，只好轻轻用嘴巴碰了碰宝宝的额头。

伤口缝合后，我被推出了手术室，躺在一个安静的病房里等麻药过去。护士轻轻拉上门帘，她嘱咐我放松休息，如果双腿都恢复知觉了就按铃叫她。

我就这样独自躺在一片雪白之中，忽然之间，竟不知道自己姓甚名谁，身在何处，眼前的一切如同梦境。

麻药的劲儿过去了，两个护士过来准备把我推到二楼的产妇病房。我一见她们就问宝宝在哪里呢？她好吗？这是一种妈妈的本能，我再浑浑噩噩也会有这种本能。护士说宝宝在新生儿监护室，要观察一夜。我也不知道该说些什么，面露愁容。护士不忍心就这么把我推回病房去独自过夜，就主动推我去监护室看看宝宝。

宝宝静静地躺在一张小床里，爸爸在跟前眼睛都不眨地守着。

护士把宝宝递给我，就悄悄走开了。第一次把宝宝抱在怀里是一种很奇怪的感觉，并不会像我原先以为的那样激动。这个撅着嘴巴的陌生小生命就是我的女儿？太难以置信了。我拿出手机想拍下这个“我们初次见面”的场景，小东西忽然调皮地伸出舌头。关键时刻开玩笑，有其父必有其女啊。

过了很久，护士才过来把宝宝抱走。她跟我说对不起，必须要推我回房间去休息了。她还耐心跟我解释今晚宝宝要待在监护室，不能和我一起，很抱歉。宝宝丁点大的手上插着针管，里面还有一点点红色的血。我又心疼又害怕，哪里敢让她跟我走啊。她待在这里，比跟着我安全多了。我很意外护士这样尊重我的感受，我本来就该听她安排的，她不需要征求我的意见。

我的病房并不大，但简单干净，除了床和桌椅，还有一个产妇洗手间、一个宝宝换洗间、一个很小的水台和一个冰箱。我在这个病房里度过了我一生中最难忘的五天。

剖腹产的产妇一时没有母乳，宝宝只能先吃配方奶粉。我的主刀医生专门为了这个来看望我。他轻拍着我的手背，慢慢说着法语，安慰我不要责怪自己，好像剖腹产是一件会令新妈妈很伤心的事。其实我一点伤心的感觉都没有，只是觉得这样被理解和尊重的感觉太好了。

比利时护士们对我悉心照料，无微不至。我只能一次又一次地说谢谢。在这之前，我很难想象自己能在一张床上躺几天，在陌生人的帮助下吃饭、喝水、洗澡、换小便袋子、清洗最隐私的地方。护士们换了一班又一班，个个都是真正的白衣天使。她们耐心细致，充满了同情心和人情味。我能切切实实感受到她们是设身处地地在为我着想，在为我分担手术后的疼痛和初为人母的担忧。我可能会有的一点小疼痛和小情绪，她们早就心知肚明，都会一律认真对待。这种全方位的被关注和呵护让我感觉仿佛回到了童年。毫不夸张地说，在比利时产院的这五天，是我人生最幸福的几天。如果可以的话，我愿意一直在这间产房住下去。

第一天，护士来给宝宝换尿布。宝宝那么小那么软，我碰一碰都怕她碎了，每次抱她我都特别小心，像是抱起最名贵的古董瓷器。宝宝穿着新生儿的连体服，扣子在后腰上，我一直发愁换完尿布要怎么才能把她后面的扣子扣上。护士轻轻一撩，就把我的“青花瓷”给抱起来了。她一边问我今天感觉如何，一边麻利地把尿布换了。我直着脖子看她如何扣后面的扣子。她十分娴熟地把宝宝像煎大饼一样翻个面，反扣在换尿布的软垫上。宝宝趴在垫子上，头正好舒服地侧向一边，她居然还继续在睡觉。我苦思不得其解的科研难题，人家就这么一扣就完了。

护士看我是个外国人，特意多花了些时间陪我聊天。我告诉她我毫无经验，根本不知道怎么照顾婴儿。她说一个女人一个人在外国生孩子已经是一件很了不起的事了，我做得这么好，应该多鼓励自己。她说得那么真诚，好像我真是一个英雄一样。我跟她讲了中国产妇怎么坐月子，怎么进补。她表示理解这种传统，还批评某些欧洲女人刚生完孩子就装坚强，出去剧烈运动，对自己不负责任。她说中医讲究产后修养是有道理的，这段时间确实对产妇的身心恢复很重要。不过，她也强调产后只要科学饮食，注意休息，不要着凉就可以了，不用太夸张。不洗澡要滋生细菌的，不下床活动也是不利于子宫恢复的。我担心自己一个人照顾不好孩子，不像在中国可以有父母来帮忙。她安慰我没有女人天生会照顾婴儿，慢慢学着就会了。爸爸才是最应该帮助妈妈的人，这样才能培养三个人的感情。在她的开解和鼓励下，我慢慢开始有了一点信心。

第二天夜里，宝宝忽然醒来大哭。我不知道她怎么了，又下不了床，心里又急又怕。正在干着急，一个护士拿着奶瓶和毛巾敲门进来。她一手抱起宝宝，一手示意让我继续睡觉。护士打开灯光，调到最暗。她用一种我从没见过的姿势给宝宝喂奶。护士把宝宝放在腿上，她一手举着奶瓶，一手托着宝宝的后颈，宝宝坐得直直的，小嘴儿咂巴咂巴吃得很香。护士慈爱地看着宝宝，我崇拜地看着她，像是看着发光的圣母。

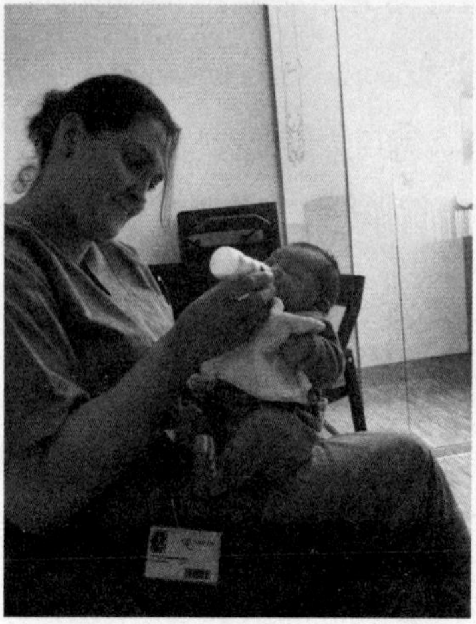

◇ 比利时护士娴熟地给刚出生的茉莉喂奶

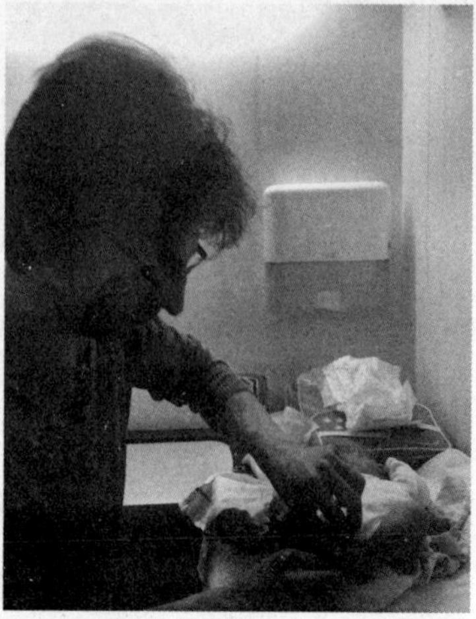

◇ 新爸爸第一次换尿布，用时 43 分钟

第三天，一个护士给我一个离医院很近的中餐馆的外卖电话，她说如果你吃不惯医院的套餐，可以叫一些中餐外卖，帮助恢复胃口。

第四天，一个实习护士主动来敲门。她说今天我可以下床走动了，如果我想试着洗澡的话，她可以帮助我。她和主动推我去婴儿监护室的那两位护士一样，这些根本就不是她们的本职工作。她们完全可以在咖啡间里多休息休息，不用自找麻烦。但是，她们都把我的感受放在了第一位。她扶着我到浴室，让我坐在凳子上，把调好温度的莲蓬头递给我。这个澡我洗了很久，她一直在门外守着，随时准备进来帮我。

第五天，值班护士手把手地教我怎么给婴儿洗澡、换尿布。为我做产前辅导的护士甚至专门赶在我出院前来看我，她给我讲了很多产后恢复需要注意的事情，教我做了一些恢复体操动作。

按照比利时习俗，新生儿的父母要准备很多糖果袋，把新生儿的名字写在小卡片上和这些糖果袋一起送给前来探望的朋友。我托父亲从成都寄来了上好的茉莉花茶和宣纸。我把宣纸裁成茶包大小，在每张纸上写了茉莉两个汉字，再用宣纸把茶包包起来，这就算是我送给大家的一个小小的特别礼物吧。我给女儿取名字叫“YASMINE”，意思就是“茉莉花”。

出院之前，我特地推着宝宝去每个科室跟关照过我的人道别。我想亲自把这份茉莉花茶送上，说声谢谢。遗憾的是，很多人当天都不值班。没有说出口的感谢，我只能铭刻在心。还好，在走廊上我碰见了给我主刀的医生，他居然已经不太记得我是谁了。医生谢过我的礼物，便匆匆奔赴另一个等待他的人，他又要第千百次地付出爱，就像对我一样。

医院大厅走廊的白墙上写满了各种文字，包括中文。在“仁爱宪章”的激励下，我们号召所有人都设身处地，善待他人，缓解他人的痛苦，互相尊重，积极鼓励，正面欣赏多元文化和人生哲学，超越国界，实现世界和平。

我的眼睛湿润了。是啊，这家医院的每个医生、每个护士不仅仅是在做一份工作，他们确实是在身体力行仁爱的精神。他们义无反顾地付出，是为了别人，也是为了自己 。因为他们知道：如果一个人可以通过他的工作带给别人如此巨大的帮助，这真是一件最幸福的事。

第七章

当别人夸你的孩子像天使

一个女人微微低头，看着自己隆起的腹部，深情无限；一个男人的头俯在女人的腹部上，温柔无比——广告里总是千百次重复这样的画面。你曾经也像很多女人一样，憧憬着做母亲，也对不结婚不要孩子的人抱着不理解的态度。

打开法国电视，有一则插播广告：想知道他是你的真命天子吗？想知道你什么时候会有自己的孩子吗？请发送短信到XX——浪漫。换到中国电视频道：一众已婚妇女正在哭诉婚姻之不幸，观众也为之动容——骨感。

有些人类的感情是共通的，是事先规定好的，是不允许你发表异议的。除非你宁可当个大逆不道的坏蛋，也忍不住要说实话。不喜欢孩子和动物的人没有爱心，过街人人喊打；结婚、生子就像帮助残疾人过马路一样，是必须的事情，是道德规范。不结婚不生孩子你还活着做什么呢？没伴侣没孩子的人多可怜，过年过节，冷冷清清，孤老而终。看着别人的幸福家庭一定会悄悄落泪吧？

被迫或是自愿，越来越多的中国人正在加入单身贵族和丁克家族的国际行列。他们忙着奋斗，旅游，阅读，运动，画画，品茶，谈恋爱，交朋友；他们拥有人生最宝贵的东西——时间；他们享用人生最大的财富——自由；他们省去了人生最大的烦恼——亲密关系；他们卸掉了人生最大的责任——养育子女；他们克服了人类最大的弱点——害怕孤独。大家对他们或指指点点或苦口婆心时，他们正偷偷乐着呢。

人生面临的选择无数。没有任何一个是一定正确的，保证幸福的；也没有任何一个是一定错误的，注定悲惨的。越是大部分人津津乐道的选择，越是要提高警惕。你要怎样度过一生？忠于自己，实事求是；还是随波逐流，害人害己。

那幸福画面的背后是怎样的代价？你准备好了去学习为人妻母吗？你愿意从此为了伴侣和孩子放弃大半个自我吗？在你迫不及待要加入芸芸众生去轰轰烈烈时，请你找棵树坐下，拿根小棍儿在自己头上敲三下：婚姻是什么？孩子是什么？你是什么？

世上有两种人：聪明人事先想好了再做；傻瓜先做了事后再说。聪明人因此越活越顺；傻瓜因此越活越累。越来越多的欧洲人不愿结婚生子，不是因为他们没有爱，而是因为他们太懂得爱的代价。他们了解自己，也更了解生活。他们觉得自己无法完成这个艰巨的任务，所以干脆放弃。相比于因为一点小事儿就闹离婚、生了孩子就全扔给父母的那些已婚族，丁克族和单身主义者绝不是没有爱心的人，而是最有责任心的人。正如不是任何人都能胜任总经理的职位一样，家庭生活之辛苦，养育子女之艰辛，也绝非大部分人轻易就能做好的事。

婚姻是妥协，孩子是牺牲，你是妥协加牺牲，直到永远。

今天，天使两岁了，你很想开一个大 party，不是为了给天使庆祝生日，而是为了庆祝你和你的战友——天使她爹，熬过了这艰难的两年。在无数次怀疑自己能否坚持到明天后，你熬到了两年后的今天，经历移民、婚姻、怀孕、育儿和待业。曾经的工作，娱乐，朋友，自由，现在都没有了，只有一个无论做什么就连上厕所都要来打断你的孩子和一个永远不懂你到底需要什么的男人。

每天一睁眼，你总是像机器一样开动。收拾完这里还有那里，永无止境。你一边盼着天使快睡，好上网发简历，一边担心有公司打电话来约你面试却听见天使的哭声。你从没想过生活会变成今天这样，也从没人告诉过你为人妻母的真实面目。你以为女人到了年龄就该生孩子，然后找个好保姆，然后再找个好工作，做一个职场精彩家庭幸福的现代女性。 现在轮到孩子亲自来给自己的幼稚上一课了。上周面试成功的一家巴黎广告公司打电话来了，他们说“你孩子还小，劝你还是要考虑家庭”。别人明摆着对你用工歧视，你还得感谢别人的关心。

当别人夸你的孩子像天使：“多可爱啊，多聪明啊，多……”你唯一能做的就是赶紧接着这只绣球，笑说“谢谢”的同时，把自己满肚子的委屈和心酸都吞了。按照大家的思路，你应该幸福满足才对。

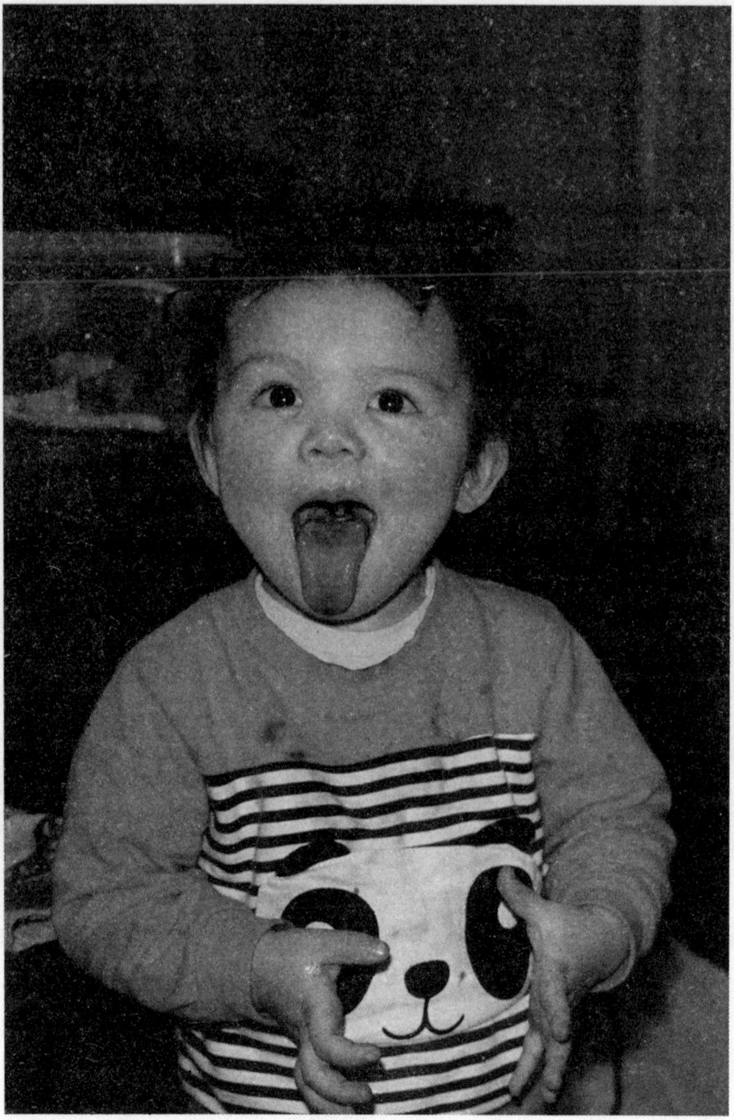

◇ 你一不留神，“天使”的嘴里身上便都是颜料

可是你不存在了。你不是文艺女青年，不是公司女白领，甚至连剩女都不是。你只是这个所有人都喜欢的天使后面的随从。所有人都那么喜欢她，你还有什么好说的呢？你还好意思提那点苦闷和劳累吗？但只有你自己知道：每个晚上，当天使终于睡下，你累得话都不想说，正躺反躺腰都疼，而那受过教育的现代女性灵魂还不放过你，追着你喊打："接下来你要怎么办？你真的要'靠男人'活下去？你漂洋过海来就是为了天天洗洗刷刷？你究竟是谁？你从哪里来？你要到哪里去？"不过别担心，那高龄的产后身体最终是抵抗不了这疲倦的，失眠想人生这奢侈生活，你就是想也再消费不起了。因为明天一早，天使准点蹦跶起来扯嗓子喊一声"妈"——这世上唯一的终身责任制岗位又等你开工。

曾有很多甜美的母亲来告诉你，当妈是多幸福的事，她们抱着孩子那满足的样子让你惭愧：连基本的人类情感都不懂，你也太自私了。可是你心里最想知道的还是：这位幸福妈妈，你是自己带孩子还是有老人保姆帮忙？你自己 shopping 一圈回来了，再跟孩子来上一段睡前亲子时光，手机上晒晒你们母子连心。这太不真实了。

怀孕的时候，你挺着大肚子出去逛街。在商场的门口，一个法国妈妈气急败坏，大声教训不听话的孩子。你目瞪口呆，这就是你怀着的东西吗？这才是"他妈的"真实的生活吗？这个当妈的脾气不是不好，这个当妈的不是没有耐心和爱心。真让你来，你绝对还不如她。曾经一个老同学来探望怀孕的你，给你捎了很多母婴用品。你自己都不好意思，人家这么远来旅游还大包小包这么多乱七八糟的。当了爹的老同学说："没关系，当妈不容易。"你瞬间石化，泪如雨下。这话要是从那个爹嘴里说出来该多好，累死也值，再生几个都认。可偏不，偏偏是这样一个十年没见的老同学那样轻描淡写了你的所有剧情。独自黯然一把，还要劝自己也不能怪别人，谁也不容易，慢慢来，要珍惜。

像缓缓驶出加油站的出租车，你于是又有了一点新能量，赶紧又上路跑。

天使虽长得可爱，睡醒以后干的都是魔鬼的事儿。吃喝拉撒，发号施令，翻箱倒柜，什么都要摸摸试试。在无数次被粗暴地打断和干扰的情况下，你还要保持淡定，保持效率：换尿布，陪玩，做饭洗碗，擦嘴擦手，擦桌子擦地，换干净衣服，收拾地上的玩具，藏好高处的东西——这一轮广播体操好容易完了，你终于能坐下来喝口茶的时候，天使自己搬凳子爬上厨房水台子，打开热水，抽出你藏得最好的菜刀，你终于，马上，绝对，温柔慈爱荡然无存。你大叫狂奔过去，第千万次地说这个不行那个不许，你自己也知道她根本听不懂也记不住，她只会大哭，因为她没得玩啦。你能把这个瞬间分享到朋友圈吗？不能。你说出来的恶毒的话能把自己也吓死。

谁说不爱她呢，她夜里咳嗽一下，你都能醒。她受点狗屁委屈，你能把全世界炸个稀巴烂。可这心里怎么就这么不是滋味呢？怎么总是觉得自己像用完的电池呢？怎么忽然之间自己就只能是大树而不是鲜花了呢？怎么常常会想逃跑，让这幸福家庭见鬼去呢？怎么以前那么多的时间和想法都不见了呢？以前别人问你想做什么，你随随便便就能抛出一个无懈可击的答案，又有理想主义色彩，又有现实可操作性，又代表了时代呼声。那光彩照得别人也只好跟着双眼闪烁，说些个加油鼓励的话来。现在呢，你问自己想做什么？结果是，什么都不想做，只想安静一下。只是安静一下而已。坐下去就不用再起来，没有声音，没有人，甚至没有自己，只要安静一下。

你不是没有逃跑过，然而，看见街上那么多的天使和随从，你就想起还要去超市买这买那。你不是没有时间，当想做点什么，当终于可以做点什么，却总是看见厨房碗没洗，地板还没擦，天使的衣服还没换。你不是没有积极努力去克服苦难，适应生活，只是努力值比起任务单来说，相对值几乎为零。你不是一点幸福没有，毕竟每次要发疯的时候都是把那些幸福点滴当镇静剂一样注射。你不是没有朋友，但他们都关心你当妈当得如何了，当你想和他们一起做点什么有意思的事情的时候，他们马上操心你的孩子怎么办，这就帮你在事业家庭这两难选择上做出了决定。你不是不愿意祝福那些新婚女友，她们傻傻地幻想一边成为母亲，一边成为更好的自己，就像你当初一样。这时，你好像预感到又一朵花儿要飘落在风中，觉得好悲哀又不敢直接说什么。

你不愿意当家庭妇女，所以读书奋斗翻身把歌唱。这首歌的结尾当然是要和他在一起，快快乐乐一直活到老。你是不会邋遢的，不会落伍的，不会粗俗的。你是一个独立女性，能挣钱，又能持家。直到有一天，晚上要休息时，你想不起来今天早上是不是洗脸和刷牙了。直到有一天，在公园，你看见一个女人微笑着同时给三个孩子喂饭，目瞪口呆。你也想起一个老朋友，曾经在学校和职场都精彩无限的奇女子，有两个孩子以后就彻底回归家庭。她说每次去超市都给全家人买一堆东西，但没有一样是给自己的。你曾经那么感怀她的改变，今天终于该轮到别人对你说一声“哎”。你想起昨晚聚会后送你到车站再独自走回家的朋友的背影。那是一个刚结婚到法国准备要孩子的中国女艺术家，晚餐时法国先生说她可以把孩子放在旁边，不影响她画画，不用请保姆。不久前她刚带你去看了一个很牛的法国艺术展，她一边看一边还默默地说一定要成为一个伟大的艺术家。

你想知道究竟该怎么办，你想活下去，真正地活下去，而不只是活着。你开始对那些孩子已经大了的姐姐们感兴趣。她们应该都有神仙一样的能耐或者神仙一样的伴侣吧。你忍不住给她们打电话要鸡汤。姐姐们说：“家庭是女人生活的大道场。你要什么样的生活就自己去创造，指望男人注定失望。”姐姐们还说：“大家都是工作、孩子、家务团团转，男人的作用只是存在此处。”原来家是女人的电影，自编自导自演，自负盈亏。演好了有票房，演砸了也正常，应该是比没得演要强吧。精彩画面剪辑出来给别人，眼泪和委屈的底片就扔到垃圾筒里吧。

第八章

致亲爱的茉莉

茉莉：

今天你两岁了。我很想给你开一个生日小 party，为了庆祝你的生日，也为了庆祝我和你的爸爸已经成功地坚持了两年。我想给你带一个小帽子，让你吹蜡烛，然后我们一起吃蛋糕，一起看你刚出生时拍下来的照片。

妈妈 34 岁离开中国，到比利时结婚、怀孕，又在生你的前夕搬家到了法国，在法国一个人把你带大。一个人在一段时间内能够承受的生活变动是有限的，太多的变动会给妈妈带来很大的压力。在这么短的时间里移民、结婚、生子，离开自己以前的工作和朋友，到另外一个国家独自学着做母亲，还时刻焦虑着自己的未来。这些难题加在一起，真是把妈妈累坏了。如果有一天，你也想和你自己喜欢的人一起生活，养育一个孩子，妈妈建议你一定要安排好自己的生活和职业。生活的改变要循序渐进，不要一下子让所有的挑战都一起来。

你是我的第一个孩子，我没有当妈妈的经验，也没有人可以教我，或者是帮我一把。我只能老老实实按照医生交待的和育儿书上看来的去做。我也不知道有没有把你照顾好。有很多个夜晚，我都睡不着。我害怕你翻身踢被子感冒，害怕你把头埋在床单里太深而窒息，害怕你抬头太猛撞到床头，害怕你咳嗽太厉害不能呼吸。我这个笨手笨脚的妈妈总是有担不完的心。

你四个月的时候学会了翻身，妈妈还不知道，把你放到大床中间就去做饭了。忽然"砰"的一声，我跑进来看见你摔在地上，哇哇大哭。妈妈第一次知道了什么叫作魂飞魄散。妈妈抱着你打急救

◇ 茉莉，今天你两岁了，我带你去荷兰看郁金香

电话，急得边哭边跺脚，在电话里语无伦次。还好，你没有什么事。

你十个月的时候学走路，每天东倒西歪，到处乱摸，什么都往嘴里塞。妈妈就像一个雷达一样跟着你，一定要保证能够排除各种危险。家里所有的东西都要放在柜子上。爸爸总是笑话妈妈总有一天要得心脏病。爸爸不能理解，你就是妈妈最重要的作品，你的每一根头发，每一根手指头，都牵动着妈妈的心。我不能让你受到半点伤害。

每天早上你醒了，第一件事就是叫妈妈。我本来心里很窝火，还想睡呢，烦死人了。听到你甜甜地叫妈妈的声音，我只有强打精神爬起来，给你换尿布、穿衣服、热牛奶。刚收拾好你翻乱的屋子，你又来捣乱，我只好重新收拾。如此重复千万次。尽管我腰酸背痛，我还是觉得不应该拦着你翻柜子，只有这样你才能探索世界，才能学到东西。

妈妈是中国人，不习惯法国超市里成堆的婴儿罐头。妈妈坚持每天给你做新鲜的食物。妈妈不会给你三菜一汤，但是妈妈会把医生给的婴儿膳食表贴在厨房里认真参考。每天不同的蔬菜、粗粮混搭，肉类不超过 30 克。妈妈给你做的只是简单的白水煮软的食物，浇上一点橄榄油。我很欣慰的是，你是一个不挑食、胃口好的宝宝。好的饮食习惯对一个女孩的健康和美丽是至关重要的。如果你能有一个好的饮食习惯，妈妈每天花点时间给你做饭又算什么呢？

医生说如果想让你自己抓着勺子吃饭就应该放手让你自己尝试。为了让你学着自己吃饭，我每天要清理很多次地板和餐桌。这是妈妈的选择，你想做的就让你自己去做，妈妈不能为了怕自己麻烦或怕你做不好就不给你学习的机会。

妈妈有很多缺点，譬如没有耐心，就像你一样。当你不停地对我提各种要求，我实在应付不过来的时候，我就会发脾气。妈妈特别想跟你说对不起，一千万次。希望你永远不要记得我是怎么对你发脾气的。你做错事情是很正常的，因为你还是一个小宝宝，还需要学习。妈妈发脾气是因为妈妈的力气不够用了，妈妈累了、烦了、控制不住自己了。你还记得吗，有好几次，我心情烦躁，坐在沙发上一言不发，默默流泪，你走过来拍拍我的腿，还跟我分享你最喜欢的香蕉。妈妈很感动，也很惭愧。

妈妈心情不好的原因是对自己的要求太高，又没有把很多事情安排好。当妈妈发现无法完成对自己的要求的时候，妈妈就会觉得自己很无能、很差劲，就会心情不好。你总是在这个时刻鼓励妈妈，你真是一个有同情心的好孩子。

在比利时生下你，在法国一个人把你带大，是我做过的最难的事。每天我都在怀疑到底做好了没有。妈妈是一个多愁善感的人，很脆弱，很需要别人的关心和关注，自我否定意识很强烈，很情绪化。妈妈从学习到工作，一直都很努力，但是取得的成绩相比于妈妈对自己的要求还差很远。妈妈曾经很多个夜晚睡不着觉，不停思考究竟是什么让我不能像别人一样，无论做什么都可以顺利一些，轻松一些。三十岁以前，妈妈都活得很累，很不开心。还好，妈妈比较愿意思考，看了很多书，得到了很多有智慧的朋友的帮助，妈妈正在很努力地向好的方向改变。这也是你的爸爸经常笑话妈妈做什么事情都很紧张，很一本正经的原因。

妈妈深知这样的个性对一个人的生活、职业发展、亲密关系的维系都有很大的问题。可惜的是，妈妈明白这一点的时候，已经快三十岁了。妈妈为什么坚持要自己把你带大，就是因为我知道一个人的个性是在三岁之前养成的。我想让你除了有一个健康的身体之外，还有一个健康的个性。人生漫长，艰难困苦，孤独无助的时候也时常会有。没有一个乐观坚强的个性，你无法经得起生活的考验。爸爸妈妈不可能保护你一辈子，你要能够为自己挡风遮雨，给自己加油鼓气。你要坚信，你最终会得到你想要的生活和内心的平静，你遭遇的任何人和任何事，都只是中间的过程。

妈妈最开心的事情，就是看到你正在坚定不移地变成一个我以前经常羡慕的那种自信阳光的女孩。你开朗乐观、勇敢坚强、有同情心，你和妈妈绝对不一样，你比妈妈强太多了。妈妈因为这个原因为你骄傲，而不是因为你聪明、可爱、会跳舞、讨人喜欢。

你无疑是妈妈在这个世界上最爱的人。什么叫做爱呢？爱是世上最宝贵的东西了。你小的时候有肠绞痛，经常一喝奶就开始痛哭，两条小腿不停地乱踢。妈妈和爸爸轮流抱着你，爸爸吓得乱发脾气，妈妈一边给你按摩，一边心疼得直流眼泪。如果可以的话，妈妈愿意代替你承受所有的痛苦，因为看着你受苦比我自己受苦还难受千万倍。这就是爱。

妈妈这样爱你，但是你并不需要也这样爱妈妈，因为生你是妈妈自己的选择，照顾你是妈妈的责任，你并不欠我任何东西。只要我不开心的时候，你还记得给我一根香蕉，我就已经很满足了。

如果有一天，你要当妈妈，你也要准备好对你的孩子这样付出，而且不能要求回报。只有当你做好了这样的准备，你才有可能享受当一个母亲的幸福，才有可能承担当一个母亲的艰辛。

有很多美丽的童话故事都会说女孩子是公主，总有一天会遇到王子并且和他一起快快乐乐一直到老。你以后说不定也会有这样的梦想。爱对一个女孩来说确实是很重要的事。爱可以让一个女孩很幸福，也可以让一个女孩很烦恼。女孩子常常因为感情用事，什么都不管就做了选择。爱是重要的事，但是不等于你要不顾一切。即使在最充满激情的时候，你也要学会冷静下来，想想自己是否真的能承受后果。

◇ 茉莉在天安门广场前

亲爱的茉莉，谢谢你教会了妈妈很多道理。你每次摔倒了总是自己爬起来，然后拍拍屁股，哈哈大笑。人生就是这样的，路不会总是平的，我们总会摔倒的。爬起来，拍一拍，笑一笑，继续玩。

亲爱的茉莉，妈妈带你听过音乐会，去过动物园，看过天安门，看过大熊猫，看过埃菲尔铁塔，看过郁金香。人生很精彩是不是？

一切才刚刚开始，我们还要一起去很多很多有意思的地方，去遇见更多的精彩。

第九章

法之国

怀孕八个月的时候，我和“外国人”决定搬到法国里尔市（Lille）。

我们对这个城市不熟悉，只能够求助于里尔的房产中介找房子。我在网上查了几个中意的房子，打电话给中介要求看房。中介说：“您要租房，需要先跟我们的客服预约一个时间，到公司来见个面。我们当面沟通一下。”我反复解释说：“如果看房需要签什么条约保证你们的利益，你们直接带来给我签就是了，我是孕妇行动不便，我跑一趟就想多看几个房子。”

没有用，要走程序。

行，走程序。谁叫我想住在法国？

我找了一家在法国算规模很大的中介。我想着正规一点，房源多一点，服务好一点。刚进大门，一个西装革履的法国帅小伙站起来说：“女士，您好。对不起，午休时间到了，请过两个小时再来。”

我只好去大街上溜达。好歹等到下午开门，小伙子终于回来了。我一坐下就一股脑儿地把我的要求说完了。小伙子不紧不慢地喝着咖啡，打开电脑上的各种文档开始填写客户资料。姓名，电话，地址，邮箱，如何得知房源，等等，就差没问我微信号了。好容易折腾完了，我问现在可以看房了吧。他说不行，要先联系房东预约看房时间。行，就按规矩办。我回家等了一天，没有任何消息，只有自己憋着火追着他打电话。打了几个电话他都没接，我只有留言。他还是没回，我接着打。

打了好几天电话，终于和中介约好了看房的日子。在我的不懈努力下，谢天谢地，他们终于破例给我安排了一天可以看两个房子的行程。中介还要求我出发之前必须在他们的网站上填写两份看房申请单，打印出来签字之后在看房前交给他们。我拿着单子在约定时间前三十分钟出发去中介公司，忽然他们来了一通电话说今天看不了。

就这样，我白忙活了一周。

在法国，每当我想办个什么事情的时候，总会有种寸步难行的感觉。把 France 翻译成“法国”真是再传神不过的了。“法国”就是法律的国度。在这里，各种规章制度多如牛毛，法制健全到了泛滥的地步。在私有制神圣不可侵犯的法国，你想在自己家里加个空调或者有管道的油烟机？不行。你必须先给市政厅打报告，再等上两个月。政府会派专家来审查：你计划在外墙上挖的这个洞是否会影响周围环境的视觉和谐。如果你们家附近不幸还有个什么纪念碑之类的，那就更复杂了，因为你还有可能会影响文化古迹。你想在家里卖点小杂货？不行。你家大门必须要有残疾人专用通道。你想在自家花园里搭个小棚子给孩子们玩儿？不行。小棚子的面积要算入房屋面积被征税。这些都还算小事儿，两三个月也就等到批复了。大一点儿的事儿诸如离婚之类的，法国人自己都害怕。多少婚姻关系名存实亡的法国夫妻长年拖着不办离婚，不是因为他们还有感情，而是因为太麻烦、太贵，离不起。

去年夏天回国度假，朋友开车带我们玩儿，途中经过成都交警大队。我忽然想起我的中国驾照丢了，就说既然来了就顺便去补办一下吧。比利时人满脸疑惑："办驾照这种事儿你想去就去啊？不需要提前预约，准备材料啊？"我说："那不一定，中国没那么麻烦。"果然，从我进门报失到拿到新驾照，不超过二十分钟，还包括中间到隔壁的小卖部照证件照的部分。曾经为了办驾照早上五点起床去排队的"欧洲发达国家"的公民拿着我的新驾照目瞪口呆，他一直摇头："太不可思议了，效率太高了。"行政手续慢一点我还勉强可以理解，政府机构嘛，难免官僚一些；手续多、规矩多，换个角度想，老百姓受到的保护也多。无法理解的是自负盈亏、客人至上的服务行业也是这种遇事先走程序，能拖就拖的调调。

我所接触过的好几家大型的法国房产中介公司，不管是租房、买房，还是卖房，从来不把客户当一回事，从头到尾的感觉就是客户捧着钱求他们收下或求他们办事儿。那一个个帅小伙子、漂亮姑娘，大好的青春年华，只想坐在电脑后面录客户资料。白天喝喝咖啡、聊聊天，装模作样地当白领，下班赶紧去喝酒聚会，抱怨一下已经很舒服的日子。磨洋工磨到假期再去海边晒太阳，缓解一下根本就不算什么的压力，这就是他们追求的幸福生活。

和许许多多这样混日子的法国人一样，他们丝毫不为未来担心，因为他们已经熬到了一份儿 CDI，老板无法解雇他们。CDI（Contract à Durée Indéterminé），即无固定期限合同。法国劳工法规定：员工在一家企业工作达到一定年限，企业必须与该员工签订无固定期限合同，员工受到最大程度的法律保护。除非出现重大失误，雇主无权解雇员工。即使解雇也需要付出高额的赔偿金。CDI 们拿着免死金牌，高枕无忧。他们自然不会去思考他所从事的中介行业在房东房客直接交换信息的网站越来越多的时代，还有多大继续存在的价值。如果那一天真的到来了，也不用怕，破产的是老板。老板会给他们赔偿金，政府会给他们失业金，他们只需要到街上游行抗议，为自己遭受到的不公正待遇摇旗呐喊，还会赢得很多“正义呼声”的支持。如果有一天法国老板受不了了都跑到国外去投资了呢？如果有一天法国政府财政赤字无法负担法国人的高福利了呢？其实，这些都已经是正在发生的事情了。

法国房产中介这样的效率和作风连同在慢欧洲长大的“外国人”都看不下去。我们在比利时办理了退房的手续，比利时中介有一天带客人来看房，他们一共来了两个人，一个在楼下的拐角处等客人，一个在楼上接待客人。这一天，一共来了五批客人看房子，每批客人之间间隔半个小时。上批客人走的时候，刚好遇到下批来看房的客人。这样的安排既节省了中介自己的时间，又让看房的客人感到要赶紧做决定的压力。

“外国人”也曾陪同我在成都委托中介卖房子。同样是房产中介行业，中国人和法国人的工作态度却天差地别，他也有所感受。成都中介每天追着我给我推荐各种有意向的买家，有买家开出一个价格，他们马不停蹄地做我的思想工作，希望我降低价格。他们最大程度地发挥着自己的中间谈判人的角色，在买家和卖家之间周旋，努力促成交易。那天晚上，已经是十点了，我和一个买家坐在中介公司里谈判。我一直在犹豫，中介公司十多个员工，全部都没下班，变着法儿地轮番给我和买家做工作。在我表示我很反感别人不停劝说之后，所有人都回到自己的办公桌前保持沉默。我想出去走一圈，冷静一下，店长就默默地远远地跟着我。最后，我终于决定签合同了，所有人都高兴地站起来鼓掌。他们是在庆祝自己辛苦的工作终于有了回报。虽然我并不喜欢这样被轮番劝说的方式，但是他们的敬业精神让我很感动。

无论是这个世纪的中国经济的崛起，还是20世纪中国移民漂洋过海，赤手空拳在异国他乡挣下自己的家业，我们血液里流淌的这份勤劳务实，就是中国人的生存之道。我很自豪我来自这样一个能吃苦、能奋斗的民族。我拥有在任何地方都可以站起来的基因。

种种周折之后，我们终于找到了心仪的房子，房东却要求我们要有法国的无固定期限合同才愿意租给我们。我们都不是法国人，不能满足这样的条件。我跟房东商量："我先生是比利时政府的公务员，工作很稳定，而我可以用现金一次付清两年的房租。"不行，不符合程序。我气得在家里摔东西大骂法国人死脑筋，坐吃山空没前途。

在程序高于一切的法国，有钱也花不出去，因为这不符合程序，不符合法国人对世间万物的预定想象和归纳整理。现在这个瞬息万变的时代，哪个公司能永远存在？无固定期限合同又能保证什么？一个完美的程序形式又有什么意义？

然而，房东在这样坚持的背后也有一肚子苦水儿。法国法律规定，一旦签订房屋租赁的合同，租客即使不付房租，房东也无权把他们赶出去，必须按照法律程序上诉，等待司法调节。因为租客有人权，有付不起房租的权利，受到法律的保护。那么上诉期间，房东的人权呢？如果他们也等着这份租金生活或偿还银行贷款呢？对不起，法国法律就是要“劫富济贫”。房东是有钱人，有钱人就该吃亏，没钱的人更需要保护。我曾经看过一个法国纪录片：巴黎一个护士，独自带着两个孩子生活。她当母亲之前自己在郊区投资了一个小单间，有了孩子以后她就租了一个大套房，把以前的单间出租来贴补生活。倒霉的她遇到了一个无耻赖账的房客，导致她一年没收到房租。她上门去要了很多次，房客根本不给开门。她只有带着孩子到楼下路口等房客回家。好容易堵上房客，她客客气气地说了要求，房客双手一摊，肩膀一耸，扬长而去。剩下她对着记者的镜头眼泪汪汪。

2015年7月5日，法国的Facebook上发布了一封名为《永别了，法兰西》的公开信。一对来自巴黎的夫妇，带着四个孩子在普罗旺斯经营家庭旅馆。他们很有想法，也有投资实力。但在他们十年的创业史上，却连着栽了三次跟头。2009年，他们投资十五万欧元在自己的家庭旅馆里打造一个私人SPA度假屋来吸引客人。这个创意很成功，第一年就为他们带来了十万欧元的营业额。眼红的邻居写信到市政府去告状，说他们的小屋是违章建筑。尽管他们早就给政府打过报告，得到过许可，但是他们还是被政府勒令拆除小屋，缴纳两万欧元的罚金。无奈的他们只好换个地方从头再来。2011年，他们买下一套美丽的老房子，花了一年的时间装修，然后开业。在他们的努力下，生意慢慢红火了起来，他们的年收入超过了二十万欧元。他们又一次被嫉妒的人告发，这次的罪名是“欺诈性竞争”——他们并没有住在这栋房子里，所以他们不能用“家庭旅馆”这个词来进行宣传。两次开旅馆因为有创意赚了钱而被告发之后，他们准备改变投资方向，建造旅游项目。但是银行不愿意给他们贷款，理由是旅游业风险太大。对法国彻底死心的夫妇俩决定移民加拿大。夫妇俩在信中痛斥法国人的不思进取，没钱花自己不想办法，只是坐等总统创造奇迹。他们决定要到一个鼓励人们创业的地方去生活。这封信在短时间内得到了很多法国创业者的支持，引起了疯狂转发。

尽管我一直在“外国人”的开导下，尝试着改变自己的心态：事事有规矩，人人有权利，这也是好事儿，是社会文明的表现。我天生风风火火的个性和“劳动光荣，享乐可耻”的中国式价值观却让我很难忍受法国这种不切实际、好逸恶劳的风气。这种狭隘的“仇富主义”和“人人平等”早就不适合21世纪的社会现状了。穷人有人权，勤劳工作的人也有人权。辛苦工作挣得的财富就是神圣不可侵犯的。劳动光荣，劳动所得没有原罪，凭什么要被税务局拿去给好吃懒做的无赖发福利呢？努力工作的人们更应该受到社会的保护，因为他们才是社会的中坚。

由上而下的官僚规章制度，形式主义的程序，过于偏激的人人平等的概念，放不下的曾经辉煌的历史包袱，使美丽的法兰西正在慢慢地失去活力，法国企业也正在慢慢地失去竞争力和创新能力，法国人也正在慢慢地失去斗志和冒险精神。法国似乎已经变成了投资者的恶梦、懒人的天堂和恐怖分子的温床。

我常常为这个我仍然深爱的，和我有着二十年缘分的美丽国家感到担心。它在我心中仍然有着特殊的地位，有着不能堕落的义务。

但愿我是杞人忧天。

◇ 夕阳西下的法国，人们坐在摩天轮中悠哉悠哉，浑然不觉天空已乌云密布

第十章

他从海上来

拿到房子钥匙了，我早就想好了如何折腾。这里要这样，那里要那样。

“外国人”一直摇头：

“你不是说只需要刷墙铺地板就可以了吗？拆卫生间？挪厨房？这些我可不会做。”

“那就找公司做嘛。”

“你说得容易，你知道找公司人工费有多贵吗？我们预算根本就不够啊。再说都七月了，你给人家公司打电话预约了吗？人家都度假去了。”

“又来了，欧洲人太懒了。度假度假，有钱也不挣，还动不动就游行说没工作，都是自找的。”

“话不能这么说，度假是每个人的权利。谁叫你自己不提前预约。”

“我可以预约，没有问题。对于我来说，现在打电话约下个星期就是预约了。问题是对欧洲人来说多久算提前啊，一年够不够？”说到预约我的气就不打一处来。

“预约很好啊，这样每个人都可以提前安排好啊。”

“看医生要预约，去银行取钱要预约，修马桶要预约，买几罐奶粉也要预约，不预约什么都干不了。再怎么讲预约，总可以保留一点灵活性。生活中随时都会碰到问题，这是没有办法计划的事情。如果所有的事情都可以提前计划，社会还怎么发展？经济还怎么发展？只有在一百年不变的欧洲，才会人人都提前几个月预约一切。欧洲人早晚会慢死的。”

“那是国家领导的问题。你操什么心。”

“好吧，给我一个装修公司电话。”我赌气。

“没有全部都管的装修公司，铺砖有铺砖的公司，管道有管道的公司，刷墙有刷墙的公司。”

“嗯，对。你们社会发达，分工细致。每个公司再给我排一个不同的档期，我还怎么装修房子啊？”

“所以你要提前预约啊。”

“几个公司一起约，什么时候才能搬进去啊。算了吧，我去找中国装修队。”

“哪里去找中国装修队啊？”

“巴黎肯定有，我打听打听。”

“中国工人是正规公司吗？有售后服务吗？是专业工人吗？”

“啥意思？中国那么多房子都是他们盖起来的，一栋楼一年就盖起来了，哪像你们比利时，一座小桥三年还没搞定。”

“你别敏感，没别的意思。”

“你就等着瞧吧，让你好好看看中国人是怎么干活的。”

火车站门口站着一个亚洲男人。他梳着整齐的白头发，穿着亚麻色的西装和浅灰色的裤子，非常干净整洁。他姓陈，是从巴黎来的一位中国装修师傅。他在等他的客人来接他去看房子。

一位朋友给我推荐了这位陈师傅。巴黎的好处就是可以像在中国一样找到很多人力资源。如果你要搬家，要请保姆，要请月嫂，要装修房子，都有中国人在从事这些服务行业。你只需要打个电话，他们就高高兴兴地来了。中国工人干活快、工资低、不抱怨、不罢工，绝对是性价比最高的选择。作为一个中国人，我早就被中国的工人同胞惯坏了，怎么可能花高价去请法国工人，每天给他们打电话，排队等预约，还要办上一大堆税单。

陈师傅坐了一个小时的火车来看我的房子。进门不到十分钟，他就发现卫生间的马桶是电动抽水，噪音大，不方便。他建议我换成普通马桶，把楼上的大卫生间挪到楼下，变成一个房间。这和我的想法正好不谋而合。我追着他问报价工期，他仔细算了一算，说预计 9000 欧元，工期 20 天，建材我自己去买，大概会花 5000 欧元。他强调了一下说这只是预算，实际情况只会多不会少。他在巴黎还有一个工程要收尾，下周就带工人过来开工。一下子又回到熟悉的做事节奏和方法，我很高兴。头一回近距离接触“中国制造”的“外国人”已经激动起来了。

“太便宜了。我同事装修了一个卧室就花了 14000 欧元。”

“你先别激动，让我再商量下价钱。”

“这么便宜你还讲价，真是服了。”

“好吧，不讲价，请他们做好一点。知道中国工人好了吧？”

“好，真好。回头我告诉我同事去，羡慕死他们。”

“我先跟你说啊，你别对结果要求太苛刻啊。”

“我又不开饭店，没那么高要求，差不多就行了。”

陈师傅是福建人，口音很重，说话习惯是不带主语，我跟他沟通起来还挺费劲的，虽然说的都是中文。一开始，他话不多，慢慢熟悉了，才开始聊起来。

在去装修店买建材的路上，他讲起了自己的故事。陈师傅从海上来，出国之前就是做装修的。十几年前，他从福建乡下偷渡来法国，由于没有合法居留，他只能偷偷摸摸，躲躲藏藏。他不能被警察抓住，也不能离开欧洲，离开就再也回不来了。这十几年，他的工程从德国做到了西班牙，从中国人的小外卖店做到了法国人的大别墅。他见不到自己的妻子，也没有看到四个孩子如何长大。他把在法国做工程的钱寄回福建老家，盖起了新房子。根据法国的法律，如果非法移民在法国生活达到一定年限，事实上就已经融入了法国的社会，就可以依法申请“个人生活长期居留”。陈师傅已经递交了申请，马上就要拿他的“法国户口”了。

聊到这里的时候，车子正好经过里尔市（Lille）——政府新规划的一片住宅区。陈师傅指着窗外那些颜色淡雅的小白楼说：“在我们老家哈，如果房子只有这么高，大家都会笑哈。这家男人没出息，他娶不到老婆。”

◇ 典型的四层欧洲居民楼

他拿出手机里的照片给我看，神色很是自豪。

“你看我们老家，很漂亮，比这里漂亮。看，看，到处都是花草树木，家家都是新房子。”

“是啊，这几年国内发展很快，乡亲们都挣着钱了。”

“哎，我出来十几年，人家都在中国发财了。我还在法国这么辛苦。”

“不能这么比，来法国看看也很好啊。”

“我女儿去年高中毕业，我让她来法国留学，她还不来呢。”

“为什么？法国教育很好啊，过来也可以陪陪你啊？”

“就是啊。我怎么劝，她都不听。老家有些人跟她说国外不好，她就不来了。她说还是家里舒服。”

“现在年轻人不一样了，不是特别想吃苦奋斗。”

“哈，他们享福啊。我做工，我老婆一个人带四个孩子，苦啊。”

“你这么久不回去看她，不怕她跑啦？她也不担心你不要她啦？”

陈师傅自信又含蓄地摇了摇头。

“那不会的。村里人会说的。”

无论陈师傅已经离开中国多久，和中国还有多少实际的联系，他做人的标准还是几千公里以外那个遥远村落里可能发生的各种舆论评判。

“早知道中国现在有这么多机会，也能挣钱，我就不出来了。可是这谁能想得到啊？”

“中国挣钱可比法国辛苦，压力也大。中国的装修师傅才不会穿的像你这般整洁，那么忙，哪有时间收拾自己。”

“是，是。”

陈师傅双眼望着窗外很远的地方，仿佛看见了老家的人正在匆匆赶往美好的地方。他只能看着他们越走越远，怎么追也追不上了。

“陈师傅，你们生意还好吗？都是熟人介绍的吧？”我试着把他拉回来。

“还行。我的价格公道，而且我是比较负责的。几年前做过工程的客人还请我回去吃饭呢，我看当年装修的房子还是好好的。”

“是吗？那就拜托你了啊。”

“你放心。”

“一般都什么人找你去做工程啊？大部分是中国人吧？”

“中国人也有，法国人也有。很多都是中国女人嫁给法国人，找我去做装修。”

“那你不是接触了很多中法婚姻的家庭？”

“对啊，很多。巴黎有个上海女人，做导游的，很能干，挣很多钱。我给她装过两回房子了。她老公什么都不管，每次都是她一个人开着车带我去买材料，搬材料。”

“那也许是人家先生要工作嘛。”

“什么工作，都在家里玩儿。让他开车跑一趟，就抱怨，发脾气。法国男人啊，我见过的懒人有很多。那个上海女人很漂亮，又能干，跟着他图个什么啊，不知道怎么想的。”

“人家有人家的幸福嘛，外人不好评价。”

“什么不好评价？我看就是为了留在法国嘛。为了留在法国，跟那样的人生活在一起，苦啊。”

“留在法国肯定不是全部的原因，也不是每个嫁给法国人的中国女人都是为了这个。”

“你说的对，不是每个人都图这个。我就是替她不值啊。一个女孩子，漂漂亮亮的，又能干，却跟着那样的法国男人。如果是我女儿，我心疼死了。中国男人多能吃苦，能挣钱，法国男人怎么比？你那个巴黎的朋友也是啊，她能吃苦，老公却什么都不管。你要好好劝她，这样下去，苦啊。”

“人家小两口好好的，我劝什么啊。”

“他们有时间都应该去教堂。有信仰的人，就不会这么苦。”

“喔，陈师傅是基督徒？”

◇ 但愿教堂能给漂泊在异乡的陈师傅一丝安慰

“是啊。我信基督很久了。有信仰好啊，你有时间也应该多去教堂。”

“喔，好的。不过我倒是觉得每个人都不一样，跟他是哪个国家的人没关系。”

“是哈，你这个老公还可以啊。叫他干个什么，跑得挺勤快的，态度还不错。”

“那当然啦，这是我们自己的房子，他是男主人，他不管谁管啊？”

“你可不知道的，不管的多了。我见过大多数都是中国女人独自负责，法国老公叫都叫不动。”

“我要叫不动他，还跟他过什么日子。我老公是比利时人，不是法国人。”

“比利时人？比利时人好啊，法国人懒。你还算聪明。”

莫名其妙地忽然得到阅人无数的陈师傅的首肯，我瞬间觉得自己的婚姻无比幸福美满。我继续尝试让这位善良又略带偏激的陈师傅能从另一个角度去看待他不明白的事情。

“中国女人精明能干，跟你又好沟通，法国先生不参与也没关系啊。法国人从小舒服惯了，肯定没有中国人那么吃苦耐劳。但是法国人单纯，没有心计，这也是优点啊。”

“嗯，我看他们不是舒服一点，是太舒服了。法国人拆个墙纸还要用机器，三个人杵在那里，搞半天。我一个人拿海绵沾点水把墙弄湿一下下，一起就把一面墙的墙纸撕下来了。那房主看了直接就让我做了。我跟你讲哈，法国这个国家啊，富不起来的哈。这样做事情，太慢了。”

伟大的法兰西啊，你如今真的已经是个连偷渡来的工人都嫌弃的地方了吗？

我们到了一家法国最大的连锁装修店。我这个外行一进门就直接晕了，各种建材，各种品牌，各种促销打折，令人眼花缭乱。我办了一张会员卡，拿了好多优惠，不过享受折扣的条件是，我必须一天买完。还好我昨天专门来看了一趟，把要买的东西都整理了一下。我暗自得意自己想得周全，看来今天能直接提货了，效率高啊。

我高兴得太早了。我要的瓷砖，没货，要预定，等一周。我要的浴缸，没货，要预定，等四天。我要的门，要预定，等十天。我要的地板，没货，等十五天。每一样东西我都要去问店员有没有现货，要等多久？店员永远不知道在哪里游荡，你得自己去抓他。好容易看到店员了，他周围却围着一堆人。在轮到你可以开口讲话之前，永远有一位只买一桶油漆却没完没了地问的客人。陈师傅连连摇头说："法国就是这样啦，东西不好买。样样都要等的话，工程没法做了。""外国人"赶紧跟上再次重申欧罗巴人的行事规则："你看吧，跟你说了买东西也要提前预约。"

我们在建材店度过了一周。每一天，我要面对所有的沟通工作：嘴里像海水一样涌出法语装修词汇的店员、说中文不带主语却带福建口音的陈师傅、不停用英语问东问西的比利时人。这样买东西，简直是一种折磨。有那么几天，我真的是想回中国了。太累了。再也不想说中文以外的任何语言了。

装修开始了。我除了跑建材，别的事情都交给陈师傅，既然请了他，就信任他。"外国人"第一次和中国工人接触，有点不放心，他想起来就去工地现场看看，却发现他担心的一些细节，陈师傅都考虑到了，也妥善地处理了。最让他意外的是装修的进度。陈师傅带着他的两个工人每天很早起床开工，忙到晚上八点才休息，中途一周的高温也没有影响他们的进度。"外国人"感激涕零地去买了几箱啤酒给他们送去。

二十天之后，装修如期完成了：所有的墙壁被粉刷，地面铺上了地板，厨房和卫生间来了个大挪移。短短的三个星期，我们相处得很愉快，"外国人"和陈师傅更是一见如故。师傅们就要回巴黎了，以后也很难再见面，我们都有些不舍。我去订了一桌子中餐，临别之前想招待他们好好吃一顿。吃晚饭后，“外国人”坚持开车送他们回巴黎。他第二天告诉我，陈师傅在巴黎跟他告别的时候很伤感，眼里都有泪光了。

我们搬进新家一周以后，陈师傅给我打了一个电话。在询问了房子的情况之后他也不知道该多说些什么，只是再三邀请我去巴黎找他玩。我听到他那边的电话里传来阵阵的教堂的歌声。

善良的陈师傅，勤劳的陈师傅，孤独的陈师傅。伟大的法兰西，慢吞吞的法兰西，有信仰的法兰西，陈师傅为了你从海上来，但愿你能安抚他的乡愁。

第十一章

亡命之徒

里尔下雨了：阴雨绵绵、微风幽幽，很像成都。有时候，我甚至会有一种错觉，好像自己从来没有离开过故乡。虽然一度嫌弃故乡的种种，但是一个人是不可能抹掉成长的记忆的。酱油的味道，摆着中国特有的那种红色公用电话的小卖店，飘着梧桐叶子的湿漉漉的水泥路面，无趣刻板的行人的世俗嘴脸，小菜贩子斤斤计较的家庭妇女……这些亲切又压抑的场景，这些曾经想千方百计逃离的生活，未料到却深深根植于记忆中，每每忽然映上异乡人的心头。

窗外走过几个法国人，热烈地拉着家常，将我从恍惚之间拉回到现实。桌子上还有几封信件要处理，还要给电力公司打电话申请改地址。这些该死的细节无情地提醒着我如今客居异乡的事实。很多时候，我觉得我还是很融入这个地方的。谁说不是呢？我说着流利的法语，兴致来了可以去酒吧厚着脸皮拉个人聊天，对这个国家的一系列烦琐的规章制度也很熟悉，甚至还会给市政府打电话装可怜，借口说女儿没有学习标准法语的环境，硬是要到了一个托儿所的位置。

每当天空飘起小雨，每当我打开中国的娱乐节目，每当我又刷起了微信，每当我独自在家煮着一个小火锅，我还是一下子就回到了中国。那个谁，请原谅我的格格不入。我真的做不到像你那样，不惜一切代价，只为了迫切地融入这个已经熟悉却又永远陌生的地方。

我只能看着你渐行渐远，慢慢模糊，面目全非。

初到欧洲，你觉得欧洲真是美。美得沧桑，美得典雅，美得内敛。干干净净的街，彬彬有礼的人，规规矩矩的各行各业，养眼的姑娘小伙儿，还有空气中的那种从容和文明。

在法国再待上两年，你更是和这更好的生活进入了一个热恋期。你忙着说那更美的语言，忙着熟悉那更好的制度，忙着贴近那更好的人。

再没有从前那些乱糟糟、吵兮兮的人群。那些动不动就对你探头探脑、指指点点的人都不见了，那种好像永远都有人在跟你抢座位的压力也消失了。生活真美好，有新鲜面包的香味，有潇洒的街头艺人，有微笑的路人跟你问好，有美丽的女郎站在摆满鲜花的阳台上喝咖啡，有哼着歌把自己的窗户刷成蜜瓜色的老人。你觉得很多一直颠倒的东西终于回到了正确的位置。一切的一切都在一个更高的更好的轨道上运行。人们也因此淡漠了许多，有了闲情逸致来填满生活的美好。这样的环境不停地在提醒你要一直努力，为了融入这个更好的地方，达到这个更好的标准，你就必须变成一个更好的人。

从此，这个更好的标准就成了你生活的全部。

慢慢地，你说中文会夹带着各种外语词汇。你并不想炫耀什么，仅仅是因为你真的想不起来这个词儿中文该怎么说了。随着表达习惯的改变，你整个人也被慢慢改变。你早餐吃面包喝咖啡，午餐后总想吃点小甜点，晚餐前总想喝一小杯。朋友们出去吃饭，大家都自觉地 AA 制分担，谁也不会请客了。你想找朋友出来聚聚，一定会提前一周给他们打电话约好时间。朋友们到你家来做客，你最多也就是做两三道家常菜，绝不会摆上一桌子。你甚至不会为远道而来的朋友过多地张罗些什么，没有必要，他们自己会照顾自己的。中国式的待客之道已经让你力不从心了，偶然回国去探亲，你还会对中国式的人情世故、交际应酬感到不太适应。 在法国，和中国朋友一起聚会，话题总是绕不开中国和法国的比较；不知从何开始，说起中国的事和人，你开始用“他们”，你好像已经忘记了你是一个中国人，你已经把自己塑造成了一个更好的人，一个不知道是什么地方的人。谁也不知道这样的人生选择是否正确或者划算。一次又一次，你们一起谈论着故乡，痛快淋漓地批评着那里的人和事；你们一起庆幸，那糟心的地方终于和你一刀两断了；你们互相取暖，互相安慰，在这异乡的路上结为同伴。

那更好的生活像是一个已经不远的终点，而起点已经越来越模糊。你来不及回头，为了更好地奔向远方，你必须忘了从哪里来。为了加快速度，为了更好地成为终点那样的人，你一路扔下了各种包袱。你这样拼命奔跑在去别处的路上，成了一个亡命之徒。

◇ 去别处的路交叉纵横，洒满阳光，却挂着“此处有生命危险”的牌子

盛夏，老朋友来你家吃饭，你那法国先生和他的兄弟姐妹也在。老朋友想做一个糖拌番茄，那滋味曾经在没有冰淇淋的年代给了小伙伴们很大的快乐。你却淡淡地说：“法国人不是这样吃番茄的。”老朋友只好把蕃茄又一次拌成了沙拉。老朋友谈起中国新出的音乐节目，你问：“他们真的有那么高的水平吗？中国那么浮躁，能有真正的艺术吗？”其实你也不怎么了解艺术，无论是法国的还是中国的，你就是本能地对中国的东西排斥和怀疑。你吃别处的东西，说别处的话，穿别处的衣服，打别处的工，填别处的税单，做别处的妻子或丈夫，最后代表别处来嫌弃故乡。

世界在你的眼中不再是它本来的样子，你只想无条件地靠近别处的那一种标准。意大利面就是比山西面高级，你忘记了他们都只是碳水化合物。你失去了客观思考的能力，你忙着拿着别处的刻刀把自己雕塑成别人的样子。你想改头换面，和过去撇清关系。你忙着泡纸袋装的立顿红茶，忙着穿一身黑，忙着行贴面礼，忙着说“OH LA LA”（法语口语，表示赞叹和惊讶）。偶尔回头看看原来地方的那些人，你甚至有点鄙夷他们的意思：怎么能那样说话，那样吃东西，那样做事儿，那样生活呢？你忘了，你也是那样长大的。

这也不能全都怪你。那些年，你确实见了些阴暗，受了些委屈。你这样敬业、这样正直、这样卓越的一个人，既得不到任何施展的机会，又没能躲过各路小人的暗算。那个平时一直很器重你的领导，也在关键的时候选择了沉默。

你已经尽力了。除了换个地方，更好地开始，你又能怎样？

因为选择了去别处，你接受别处对你的任何审判和挑剔。你狠狠地跺脚甩掉原来的东西，这才能蹦跶起来摸到别处的边缘。因为选择了去别处，你唾弃原来的一切，也嫌弃原来的自己。

有一天，你夹着一根长棍面包走在法国的大街上，前面商场门口忽然涌出来了一大堆中国游客，他们大包小包，吵吵嚷嚷，有的人累得直接坐在地上，脱了鞋子，开始按起脚来。你嫌弃地绕开了，你暗自庆幸，你终于可以绕开了。忽然前面商店的玻璃门却映出了你的样子，连你自己都不敢相信，你看起来居然和那些中国游客一模一样，除了你胳膊下夹着的那根长棍面包。他们甚至比你看起来更生动一些，你两眼发直，面目无光。那些金色的建筑，那些金色的人群，它们还是一如既往的优雅漂亮，它们就漂浮在你的后方。

昨天，你那法国先生一再提醒你，今年全家圣诞聚餐的时候一定要注意用餐礼仪。吃东西不要发出任何声音，不要直接舔餐刀上的东西，不要低头，不要在嘴里有东西的时候说话。你已经很努力了，不停学着法国人，吃着法国菜。

好像还是不行。

为什么从来没有人给你准备中国过新年的礼物呢？为什么你永远都不够好？为什么你到处是毛病？这么多年的奔跑，到底是跑向了何方？这些问题你永远都想不清楚，所以你干脆不想。

明天，别处的生活还会照常开张，番茄还是要做成沙拉。

如果不能改变环境，就只有改变自己。

电视里有一个在美国长大的华侨姑娘正在跟她三岁的女儿说英文："Apple，yeah，apple."她并不是特别漂亮，但是得体大方，气质优雅。她说着纯正的美国英语，举手投足之间有种中国女人缺乏

◇ 里尔市中心商店的大门，上书“入口”，玻璃窗反射出金色的里尔大剧院和金发的法国人

的阳光自信的活力。她的肢体语言带着舞蹈的韵律，恰到好处却又绝不夸张，让她显得很生动可爱。你很喜欢这个浑身美国味儿的中国妈妈。你曾经很羡慕她。不是吗？能够像她那样，把所有让人抬不起头的地方全部抹去，脱胎换骨成一个赏心悦目的新面貌。这简直是一个神奇的魔术。

这么多年的努力，你也让自己变了。你是不是变成了你以前期待的那个样子？你有没有你自己以前追求的那种国际范儿呢？你是不是像那个在美国出生长大的中国女人那么充满自信和活力？你能不能像她那样，自然而然地用黄皮肤和小眼睛做出各种夸张的面部表情呢？你能不能像她一样，觉得自己就是美国人，或者至少是美国人的一种？

一直吃着番茄沙拉的你，为什么不可以让法国人试一试别的吃法呢？兴许他们也会爱上糖拌番茄呢，就像你当初喜欢蕃茄沙拉一样。为什么番茄也要分正确的和错误的做法呢？是谁规定了番茄只能撒上盐和胡椒呢？

忘记过去真的能让你快乐吗？

你可以选择逃开中国种种的不堪，可以给自己换个国籍。可是你改变不了你瞳孔的颜色和你二十多年的记忆，你走到哪里都是一个中国人。故乡的种种终归是养育了你，不管故乡是否真的被别处的人看轻，还是只是被自以为到了别处的你嫌弃。你是一个在别处的土地上坚强生活、勤劳奋斗的人，你应该为自己感到骄傲，你用不着在别处低下头。

你不用为了不能像法国人一样优雅地吃饭而自卑。你是一个用筷子吃了几十年饭的人，只要你尽量地做得体面就行了。法国人用筷子吃饭能很优雅吗？为什么从来没有人去鄙夷他们呢？偶尔吃一个糖拌番茄也不会暴露你的来龙去脉，不会把你打回原型。原型也没有什么不好，你大可不必担心。只有当你自己昂起头，安放好自己的过去，别处才会真正有你的位置。

亡命之徒，别再狂奔。前方一无所有，不会给你安慰。你从哪里来没有关系，你要到哪里去也没有关系。

看看这沿路风景，看看这不同的美丽。

第十二章

她-父母=巴黎

来法国的第十五个年头，她拥有了一家属于自己的已经开始盈利的小餐厅。她不是温州人，她是留学生。来法国之前，她是学霸加班干部，有一个望女成凤的父亲。父亲每天花很多时间辅导她的功课，殷切地希望她光宗耀祖。大二的时候，她决定放弃中国的学业，到法国留学。

带着父母给的一小笔盘缠，她走上了一条新的道路。

留学故事有很多结局，光辉励志如进投行、当律师、做国际贸易、回国创业，总之都是功成名就，闪闪发亮，对得起父老乡亲在他们踏出国门时的丰富想象。而她的版本恰恰不是这样的。

毕业之前，她在法国银行实习过，她能一天干完法国人一周的活儿。她不喝咖啡，不爱聊天，她不愿意当个照本宣科的 cadre（法语，意为管理层），她是个喜欢自己想办法解决实际工作中遇到的问题的人。然而，开会得到法国领导表扬的往往不是她，因为她不能像那些法国同事那样用母语做出各种炫目的PPT，然后眉飞色舞、引经据典地进行工作汇报。她那会儿就明白了一件事，有些差别，个人再努力，它永远存在，不增不减。

她选择当小池里的大鱼。银行金融专业本科毕业以后，她到巴黎一家温州商行做财务。她就这样留在了法国，进入了巴黎的华人圈。温州老板很信任她，慢慢把家族的很多生意都交给她打点。公司肯定不是世界五百强，但她就是这家公司的二当家。每天她可以睡到自然醒再去工作：到几个店里清点一下账目，交待一下事情，批评个别不认真的店员，然后再去趟银行。下午到公司把业务情况汇总给老板，并给出建议。通常情况下，她的建议全部都会被采纳。老板一边忙自己的事儿，一边头也不回地说："嗯，就按你说的办吧。"她其实是公司日常业务的真正决策人。老板在找到她之后，决定把公司运营全部托付给她，自己专心跑去开拓新业务去了。她很适合这种全面掌管业务的角色，因为她本来就是个很能张罗、很有组织能力的人。

一起来留学的同学，有的回国去了，有的挤破头终于进了法国银行。没有人走她这条道路，只有人不停置疑她的选择，昔日的同窗甚至还为此有点看不起她。可是，华人圈子怎么了？我们不就是生活在巴黎的华人吗？华人圈本来就是法国社会的一个组成部分啊。晚上，她还要和老板一起请街区的警官吃饭，感谢他对加强治安所做的努力。看不起华人圈就代表你进入了法国圈吗？ 进入了法国圈又如何呢？萨科齐还要来跟华商圈搞活动拉关系呢。

有个老同学一直跟她关系不错，这老同学恰恰是在一家法国银行做投资顾问的工作。老同学的收入和福利的确不赖，但承受的压力也不小。在法国企业工作，老同学除了要承受正常的工作压力之外，还必须承受沟通的压力。不管你的法文多好，只要是和一堆法国人一起工作，语言永远是你的弱项。有时老板说话太快，同事们叽叽喳喳，老同学听不明白也不敢多问。偶尔一个词儿发音没到位，某些同事即刻在办公室里扯嗓子喊："什么？你说什么？"生怕大家不知道老同学讲的不是标准的巴黎法语。到了喝咖啡的时间，老同学还要装着啜饮那又黑又苦的液体，只为了和同事们保持一定程度上的团结和睦。被大家羡慕的老同学却常常会来找她诉苦，羡慕地看着她在公司指挥一切。

工作了十年，她在巴黎购置了自己的一个小单间。凭着法国文凭和法国工作的税单，她成功申请到了法国国籍。作为一个外国留学生，这就算是得到法国政府的承认了。与此同时，十年的法国生活，她的价值观也产生了变化。

就像大多数法国人一样，她越来越淡漠名利，只关注自己的小日子是否幸福。她和男朋友在法国相依为命十几年，感情很稳定。男朋友是一个厨师，除了想拼命挣钱，他没有什么别的要求，对她也一心一意的。她觉得跟他在一起很踏实。她并不打算和他结婚："我们就是一家人，心里有对方就行了，一张证书有什么用，还麻烦。"也许这一点她也是深受法国人的影响吧。法国人把婚姻这事儿看得还真是比中国人明白。条件再好，婚礼再热闹，一点意义都没有，一起过日子的时候才知道两个人是不是真合适。一段关系的维系，全靠双方共同努力，人家真要是开始嫌弃你了，一张纸又能怎样？该在一起的时候就好好过，该分开的时候就好好散。生活漫长，人性百变，没有必要也绝不可能把两个人永远绑在一起。难得法国人能看得这么开，他们的态度倒是很像佛家说的：“一切随缘，接纳无常。”

无论是工作还是男朋友，她的选择都不被家人和朋友理解，好像这不符合中国人的主流价值观。这种置疑也曾让她很苦闷，可是她必须诚实地面对自己。在公司，她很享受被老板信任和主管公司大小业务的感觉。在家里，男朋友对她无微不至，她有被宠爱的满足感。如果她说自己还挺幸福的，会不会没有人愿意相信？

她把父母接到巴黎来玩过几次：购物、美食、地中海游轮。她对父母有一种亏欠心理，这十年没有在他们身边好好孝敬他们，趁着他们在法国，她特别愿意多费心、多花钱，让他们好好享福。父母都是节约了一辈子的人，她给他们钱，他们是绝对舍不得花的，她索性直接带他们去商场买好衣服，带他们去餐厅品尝美味，让他们好好开开眼界，享受一下好的物质条件。

每次父母回去的时候，她都会给两边的每个亲戚打点很多礼物。给国内的亲友买礼物绝对是件吃力不讨好的事情。法国真正的好东西他们不知道也不想知道，你得按照他们的错误认知办事儿，不然买错了还会得罪他们。想想吧，父母把礼物给亲戚们时说：“这是我女儿在法国给您买的，还需要什么尽管说。”为了他们那一刻的自豪和满足，再遭罪她都认了。

三年前，她决定和男朋友一起创业。他们买了一个二十人左右的小餐厅。巴黎街头巷尾到处都是中餐，她不想凑这个热闹。她对佛教一直感兴趣，希望做一家理念不一样的有文化特色的素餐厅。她花了很多精力做装修、设计菜式、网络推广。餐厅从默默无闻到有慕名而来的美国游客，小餐厅艰难地走上了正轨。

今年夏天，她的女儿出生了。餐厅的事业正在上升期，离不开人。她把父母接了过来，帮忙带带孩子，也让他们享受享受三代同堂。

母亲帮着带孩子，父亲帮着做饭洗衣。她和孩子爸爸每天专心经营餐厅的事业。每晚送走最后一位客人，她累得想把腿扛起来走道儿。想起回家有父母准备的一桌饭菜，有女儿的笑脸，她还是知足的。

父母长年不在身边，偶尔在网上联系，也只说些嘘寒问暖的话。他们记忆中的彼此都是很多年前他们还没有分开的时候的样子，他们丝毫没有察觉到这十年在他们间造成的巨大差异。

六个月的朝夕相处却让一切都暴露了。

父亲渐渐在言语之中流露出对她的失望。她念在父亲辛苦过来帮忙，年纪又大了，忍了几次。可是父亲愈演愈烈，最后发展到言语之中都是对她的嫌弃和否定。人在辛苦奋斗的时候，最害怕的就是还要面对一个不停地散播着负能量的家人。

终于有一天，她忍无可忍。

“爸爸，你怎么又这么不高兴？要是累了就先歇一会儿吧。”

“我不累。我看着你着急。你，你这过的是什么日子？”

“我很喜欢生活在巴黎，自由自在，我过的很好啊。哪里不对？”

“连个像样的房子和车子都没有？你伯伯家的哥哥姐姐随便哪一

个都比你强，大房子好几套。”

“为什么要把我说得这么失败啊？这是巴黎，巴黎啊。这里房子那么贵，能和老家比吗？再说我的资产折成人民币，也不比他们差啊。”

“人家都当官，做大生意。你呢？以前还算有个正式工作，现在生了孩子，就在家里靠男人，你早晚要看男人脸色的。”

“爸爸，你怎么能这么说？从到法国那一天开始，上学、工作、创业，我辛苦十几年了。我刚生完孩子，我不可以休息一下？餐厅大小事都是我在打点，我怎么靠男人了？”

“我从小花了那么多心血培养你，天天辅导你功课。你在中国一直都是最优秀的学生，班长，你现在这个样子，怎么对得起我？”

“爸爸，我到底怎么了？我是你的耻辱吗？我没偷没抢，没傍大款，没当妓女。我一个穷学生到法国留学、打工、工作、创业，我是靠自己努力在巴黎立足。你难道不应该为我感到骄傲吗？看待自己的女儿也要这么势利眼吗？”

“婚也不结，班也不上，你这算有出息？”

“我们两个在一起这么多年，和结婚没什么区别。法国结婚和离婚手续太麻烦了，何必走那个形式？单身母亲在法国不会受歧视，还有很多照顾政策和社会福利。我女儿上托儿所就有优先权。”

“胡说，你没有名分，就没有保障。”

“他怎么对我的你们都看在眼里的，十几年了，和结婚有什么区别？ 我有文凭，有工作经验，只要我愿意，工作马上就有，我不需要别人给我保障。再说了，房子和餐厅都有我的名字啊，我就是法定所有人，我怎么没有名分了？如果你和妈妈觉得需要给老家的亲戚朋友一个交待，我们可以回去办一次婚礼啊。”

“把你养到这么大，什么都没指望上。”

“我对你们很好啊，我也很孝顺。你们每次来法国，我尽心尽力招待你们。你这么说，很伤我的心啊。”

“快别吵了，看孩子哭的。”

母亲来打圆场，战斗暂时结束了。

她一晚上没睡。从小到大教她爱她的父亲和这个鄙夷她的老人，她闭着眼拼不出这个画面。

父亲提前回国了。没多久，母亲找个借口，也提前回去了，虽然她再三挽留。

一时来不及找到放心的保姆，在酷暑的巴黎，她只有自己推着孩子去餐厅。一边服务客人，一边给孩子抹痱子粉，一边她还不停问自己到底怎么对不起父母了。她现在的生活并不符合父母十五年前送她上飞机时候的憧憬。对此，她很抱歉，也无能为力。她到法国来只是为了一张文凭和一个听上去体面的工作吗？不，她真的喜欢法国，喜欢法国人思想观念的多元化，喜欢法国社会的和谐，喜欢法国给每个人做自己的机会。法国之所以伟大，就是因为输出了“自由，平等，博爱”这样的普世价值观。她在法国十五年，学会了走自己的路，追求自己的幸福。这算是失败吗？为什么非要用成功和等级来评判人生呢？很成功的人毕竟只是极少数，如果成功是衡量人生的标准，那么绝大多数人的人生都是可耻的吗？她不想用等级去评判别人，也不接受别人对她的等级评判，因为她觉得等级这个东西根本就不存在。想到这里，她自己也吓了一跳。她早就不是以前的学霸和班干部，她和父母的中间，隔着巴黎十年生活带来的价值观差异。她热爱的巴黎正是她和父亲之间的差距。

今天中午，客人又坐不下了。她和孩子爸爸商量再买一个更大一点的餐厅，扩大经营规模。

这是一条不归路，她没有回程。

无人喝彩也罢，独自前行也好，她知道她的方向。

◇ 路就在前方，选择“成功”还是“幸福”？

第十三章

谁让你要嫁给外国人？

某个仲夏夜，女友打来电话。她在法国生活超过十年，自己经营贸易公司，嫁给了一个法国先生，有两个可爱的孩子。她是个坚强的人，一般有事儿都自己扛。她能主动打电话来多半是实在受不了了。果不其然，长期面对异国婚姻的一些沟通压力，她感到有些疲惫不堪，找我诉苦。我耐心听她讲那些烦人的问题，她的烦恼总结起来就是：她是一个非常重情义、对家人无私奉献的人，她之所以这样是因为她从小就是在这样的中国家庭长大的。无私的爱和担当就是她理解的家的含义。她像娘家人爱自己那样去为自己的中法小家庭付出，但是法国先生和他的家人却做不到，她有种得不到回报被辜负的失望心情。

所谓异国婚姻，有好处也有坏处。一个典型的中国人和一个典型的法国人是很难一起共同生活的。说白了就是，中国人不能那么中国，法国人也不能那么法国，大家都必须变成“国际人”“中间人”才能相处下去。

道理好说，生活难过。

我劝朋友：“你要是想家了就给家里打个电话，怕老人担心的话就跟你哥说说心里话。你哥是同辈人，又是男性，估计能给你一些更好的建议。”她忽然语塞，片刻停顿后，她说：“别提我哥了。我哥是很关心我，但是他最不会安慰人。我跟他说什么他都是一句话给我抵回来——谁让你要嫁给外国人啊？你知道吗，我本来还没那么气，他这么一说我更气了。气他，更气自己。可不是嘛，谁让我要嫁给外国人啊？”

我听完也沉默了。我结婚的时间没有她长，面临的压力也没有她多，对异国婚姻的感悟还没有她那么深，但是我也有很多五味杂陈的复杂体会。虽然我自认是一个非典型的中国人，也嫁给了一个非典型的比利时人，但是我们之间还是有很多不可避免的小冲突。谁让你要嫁给外国人啊？这当头棒喝，一半是感叹，一半是活该。它既是一切异国婚姻的病因，又是所有疑难杂症的药方。

从那以后，每当我又被自己家的那位“外国人”折磨得哭笑不得的时候，依稀中总看见一个兄长垂头丧气地冲我摇头：“谁让你要嫁给外国人啊？”

我在网上重温2008年北京奥运会开幕式。期待已久的最后点火环节到了：李宁吊着钢丝举着奥运火炬沿着体育馆侧墙绕场一周。几乎垂直于地面的侧墙让这位前世界冠军的步伐显得有些艰难，正如中国体育和中国人的心走向世界的脚步。在他缓慢跑过的地方，徐徐映出几代中国运动员在历届奥运会拼搏夺冠的慢镜头。儿时的我们曾经跟着大人似懂非懂地看了多少场女排比赛，喊了多少声好球，小心脏里撑下了多少民族荣誉啊？这些从小伴随着我长大的画面此刻一一重新浮现，加上配音员深沉深情的声音，连我这个一贯反感煽情的人也激动起来，双眼慢慢湿润了。在这个千言万语的时刻，“外国人”忽然乱入。他很想嘲笑我，又怕惹怒我，于是他故作虔诚地说：“喔，亲爱的，你要我握着你的双手吗？”……

“外国人”陪我在比利时首都布鲁塞尔坐观光车游览。一座漂亮的青铜雕像引起了我的注意：一个气宇轩昂的中世纪骑士手持盾牌，策马奔腾在战场上。我问他这是谁？我期待着一个荡气回肠的英雄传说或是一个金戈铁马的历史故事。“外国人”不耐烦地吐着烟圈儿说：“这不就是一个骑着马的人呗，我哪儿知道是谁。”

“你是比利时人唉，你不了解你的国家和历史吗？”

“什么我的国家，我的历史，不要把我和比利时扯到一起，比利时是比利时，我就是我。”

“你不觉得你作为比利时人，有义务了解比利时的历史文化吗？”

“谁说我没尽义务？我按时给比利时政府交税，这就是我最大的义务。”

……

我在怀旧，听 Beyond：“放弃了理想，谁人都可以，哪会怕有一天只你共我？”电吉他的声音悼念着我们七零后的青春。“外国人”问：“这就是中国年轻人崇拜的摇滚啊？这么商业化，这么流行化的东西。”我说：“话不能这么说，国情不一样，你不能拿你们欧洲的前卫标准来衡量中国的音乐人。你们六十年代就有披头士了，

◇ 比利时布鲁塞尔的青铜雕像

我们六十年代还没吃饱肚子呢。在九十年代的中国，Beyond 就是代表了很前卫的思想，对年轻人影响很大。”“外国人”看我激动，知难而退，一副缴枪不杀、被迫投降的表情。

为了“教育”这个妄自评判万千中国热血青年的共同偶像的比利时人，我专门找了两个视频对比着给他看。一个是 1986 年的春节联欢晚会，各族人民欢聚一堂共庆祖国辉煌；一个是 1986 年崔健首唱《一无所有》，中国人第一次知道“我”该怎么写，“我”该怎么活。他兴致勃勃地观看了用于文化宣传的样板戏，在几个演员摊手抖肩瞪眼睛亮相的瞬间，他还跟着噗嗤噗嗤地傻笑。当崔健的歌声响起，“噢噢噢噢，你何时跟我走，噢噢噢噢，你何时跟我走。”我期盼着比利时人能够像他热爱 Nirvana（“涅盘”——美国著名摇滚乐队）那样试着欣赏中国摇滚教父在那个年代代表一无所有的中国人发出的自我呐喊。他却皱着眉头：“这就是最重要的中国摇滚啊？怎么一直噢噢噢噢的，好像驴子叫一样。”

……

电影里男主角的妻子去世了，他悲痛欲绝，每天在琴声中疗伤。孕激素让我泪腺发达。我含着泪说：“想爱的人生死相隔，好惨啊。”外国人说：“哎呀，人都会死的。如果以后我死了，你就赶紧把我给忘了，你该干吗就干吗，好好继续活下去。”我感动得一塌糊涂。夫君真是为我考虑到最后一刻，我脑子不由得想起一些琼瑶剧片段，恨不得把“山无棱，天地和，才敢与君绝”翻译给他听。谁说人间无真情啊？我就找到了。夫君接着又说：“对啊。如果你死了，我也得好好想想办法，要给茉莉找个好妈妈，不能让她没有妈啊。”孕妇气绝："我还没生呢，你就想给娃找后妈了啊。"弹指间，生死情义，灰飞烟灭。

……

公公婆婆住得不远，我们经常去串门。两位老人年轻的时候是地方上大名鼎鼎的 DJ 夫妻档，嬉皮士的思潮对他们影响很大。他们不像一般欧洲人那么讲究，对很多传统、规矩、礼节也不在乎，对我这个他们从来没有去过的国家来的女人也没有任何特殊要求。虽然说不上几句话，但他们的开明和随意让我在跟他们相处的时候很放松。

每次去公公婆婆家，我们一定要提前打电话告诉他们什么时间到，要不要在那里吃饭。婆婆是个会过日子的人，她每天根据需要采办新鲜食物，冰箱里从来都是半空的，一点儿也不浪费。如果我们没有提前约好，去了就只能吃面包黄油。如果我们提前约好，公公会特别为我做一道他的拿手菜——黑椒牛排。他知道我喜欢吃辣，就会用很多种类的胡椒来熬制酱汁，让它的口味变得更加辛辣。上菜的时候，他会把一瓶专门给我准备的 Tabasco 辣酱放在我的盘子旁边。婆婆知道我喜欢喝樱桃啤酒，总是在冰箱里给我备上几瓶。

两位长辈待我很好，我也感恩，默默记下他们的喜好，经常想着给他们买点礼物。到了节日或是我们旅行归来，我都会送上礼物，趁机表示一下我的心意。每次收到我的礼物，他们都很意外。我猜想我是唯一总是送他们礼物的孩子，心里好不得意：看吧，中国媳妇儿就是懂事儿。

然而，有一天"外国人"忽然对我说："我妈让你不要再给她买礼物了。谢谢你，但是别再买了，没有必要。”

……

因为相处得融洽，我每次到公公婆婆家就像到自己家一样。孕妇特别馋，我不想每次想吃东西都去找婆婆要，太麻烦她了，就自己去冰箱里找点儿吃的喝的，然后在花园里找棵树躺下。他们在楼上拉家常，我一个人在花园里自得其乐。晚饭后我们会住下。老人起床比我们早得多，我们起来的时候他们已经各忙各的去了。我就自己打开冰箱开始张罗早餐，吃完再自己收拾。

有一天，“外国人”对我说：“我妈说你真有意思哈，自己打开冰箱找吃的，还没见过你这样的客人。”

我一下子就傻了：“啊？我哪是客人啊？咱们不是一家人嘛。难道每次要吃点东西都要去找你妈要啊？那多麻烦，多别扭啊？你好好跟你妈解释一下，她千万别误会我没礼貌啊。我这是喜欢她家，把她家当自己家了。她事情那么多，我不想麻烦她，我自己照顾自己呗。要在中国，媳妇儿每次要吃点儿啥都去问婆婆我可以吃这个吗？那纯属是找骂啊。婆婆肯定说这媳妇儿啥意思，嫌弃我吝啬吗？要吃就吃呗，还要我给你拿啊。”

“我可没有怪罪你的意思啊。你别担心，我妈一点不介意，就是没见过你这样儿的，觉得很好笑。”

……

预产期近了，宝宝随时都有可能出来。“外国人”去上班，我一个人坐在家里很害怕，他妹妹住得很近，我就跑到她家去待着。万一有个紧急情况，至少我不是一个人。我也知道这样可能会很打扰她和她的男朋友，于是我就静静地躺在沙发上，闭眼休息，不发出多余的响动。没办法，非常时期，必须求人，只有脸皮厚点了。

午饭时间到了，他们开始做饭，摆盘子，吃饭，聊天，收拾盘子，喝咖啡。完全没有要邀请我吃东西的意思。孕妇只有躺在沙发上，继续假装闭眼。这事儿不能深想，就是文化差异。妹妹是个实在人，平时没少给我们帮忙。我临时来的，人家确实没做我的饭，不怪人家。

我饿着肚子在沙发上回忆。上周去巴黎看望一个国内的老朋友，一进门，她就把我请到沙发上，在我的面前放好了各种吃的喝的，她不停地给我拿这个拿那个，说："你怀着孕呢，不能饿，多吃点好的。"啊，很感动，还是中国朋友体贴啊。

……

新年夜到了。在法国和比利时，圣诞节是家庭聚会的节日，而新年夜则是和朋友们出去疯玩的聚会日。我看着大街上热热闹闹，在家里实在坐不住了。我跟"外国人"提议到他妹妹家去串门，她就住在河对岸，步行十分钟就到了。

我们到了妹妹家，发现妹妹今晚要请客。她穿着裙子，桌子上已经点上了蜡烛，倒好了香槟，摆好了开胃小菜。我正嘀咕，请谁呢？这么隆重。门铃响了，公公婆婆带着礼物，盛装出席宴会来了。我们很尴尬地从沙发里站起来又坐下去。

妹妹给我们也倒了酒，摆上了佐酒的零食。已经快八点了，孕妇真的饿起来，便不顾自尊地把那些东西都吃了。"外国人"对我使了个眼色，我们匆匆喝完一杯酒，起身告辞了。

再“国际化”，我还是中国人，我还是会因此生气。我们住得这么近，爹妈那么远都请了，叫上我们怎么了？能多花多少钱多少工夫？没请我们，我们碰巧也去了，过年过节的，就真不留我们吃饭。我还是个孕妇呢。哎！

“外国人”虽然也有点不舒服，他还是自我安慰地说：“我妹妹没有计划邀请我们，没有准备我们的食物。这也很正常。”

回到我们家里，更倒霉的事儿发生了。家里的热水器坏了，卫生间的水流了一地。热水器公司又在休新年假，这几天都不会有热水用。“外国人”只好厚着脸皮给正在他妹妹家享用新年大餐的爸爸妈妈打电话，然后他回去拿父母家的钥匙，我在家里把地上的水一点点用抹布擦干。

我们只有去公公婆婆家待几天，等新年假期结束，有人来修热水器再回来。出发前，我忽然学聪明了：“你爸妈冰箱里不会没有吃的吧？我还没吃饭呢，超市早就关门了。今天新年夜，餐厅早就爆满了。”没想到我问的结果是：我真的要把中午吃剩下的和冰箱里残留的食物放在一个袋子里，然后提着这个袋子去公公婆婆家过新年夜。

新年的钟声响了，到处是烟花的爆裂声和欢呼声，我吃着中午的剩饭，“外国人”看着无聊的电视节目，我再也忍不住大哭起来。

……

茉莉生下来就一直有湿疹，动不动就全身通红。医生开了无数药膏，包括可的松。我一天给她全身涂抹按摩两次，可湿疹一直好好坏坏，反复发作。

我抱怨："这么小的人，抹这么多激素，没病都折腾出病来了。按中医说，这就是上火，体内有毒素。你懂吗？我吃了三十五年的辣椒，怀孕的时候也没停，影响到她的体质了。你们这儿气候又干燥，我想要多给她喝水，你们还不让，说奶里就有水。奶里含的水分和自然的水能一样吗？不喝水，大人都快干死了，更别说几个月的孩子了。"

"外国人"爱女心切，急道："你又来了，就你懂。什么上火不上火的？我看你才让我上火呢。我一生病，你就知道让我喝热水，热水泡脚。我都学会中医了，不就是喝热水嘛。你这些土办法是我奶奶那辈儿的人用的，老祖母，不科学。激素好不好，能用多少，医生自然知道。你好好听专家的话吧。医生说了，涂药和按摩要坚持到她 18 岁。"

我崩溃："一直抹到 18 岁？你们是疯了吧。好，我听话。我下半辈子除了给她擦药膏，别的什么也别做了好不好？"我嘴上硬着，心里却想我确实没有育儿经验，那且先听你们的，看你们有什么"高科技"的好办法。

我一直都怀疑是我怀孕的时候辣椒吃多了，连累了女儿。带着这种内疚心理，我认真执行医生的治疗方案。那么冷的天气，那么小的人，我一早一晚都要把她的衣服一层层脱下，按摩，然后再一层层地穿上去，小家伙冻得直哆嗦。一个月过去了，我们忙得昏天黑地，宝宝的小手、小脚和小脸仍然是红通通的，而且越来越严重，到处干裂起疱。

我们带她去医院，医生召集了一大堆专家来会诊，然后开了一个药膏。据说这是一个很特殊的配方，每次只能用一点儿，医生要根据宝宝用药后的情况随时调整剂量。我们被要求住院观察，好嘛，为了个湿疹，还住了一回医院。还好医保是报销的，不然我真怀疑医生忽悠我们呢。

第二天，还是没有好转，也不敢再用那猛药。医生也没辙了，说只有先回家观察一段时间再说。“外国人”已经万念俱灰，我看准机会做了重要发言：“反正医生也没办法了，试试中医行不行？”“外国人”沉默不语。

国内的朋友给我推荐了一种中草药药膏，专门治儿童湿疹的，我网购了十罐托人带来法国。先生半信半疑地看着我把黄黄的膏体薄薄地抹在已经快要溃烂的宝宝脸上。

第二天，先生一醒来就去检查宝宝的脸。宝宝还在熟睡，脸上的红疹子却消了一半。“外国人”很激动，抓着我说：“奇迹啊，奇迹。才抹了一次，就好了一半了，再抹几次，估计就好了。”

我早料到效果会很不错，赶紧抓住机会报复：“什么再抹几次？你不是要坚持抹到她 18 岁吗？”“外国人”没脸没皮地说：“中药真厉害，你赶快去联系这家公司，把这个药膏拿到欧洲来卖。还有，再给我买 10 罐，我好多同事的孩子都有皮肤问题，我去跟他们讲，羡慕死他们，我拿去卖给他们。”

……

“外国人”早上起来上厕所，愁眉苦脸地出来了。

“我要去找我的医生。他要给我开刀了。”

“怎么了？动不动就开刀？”

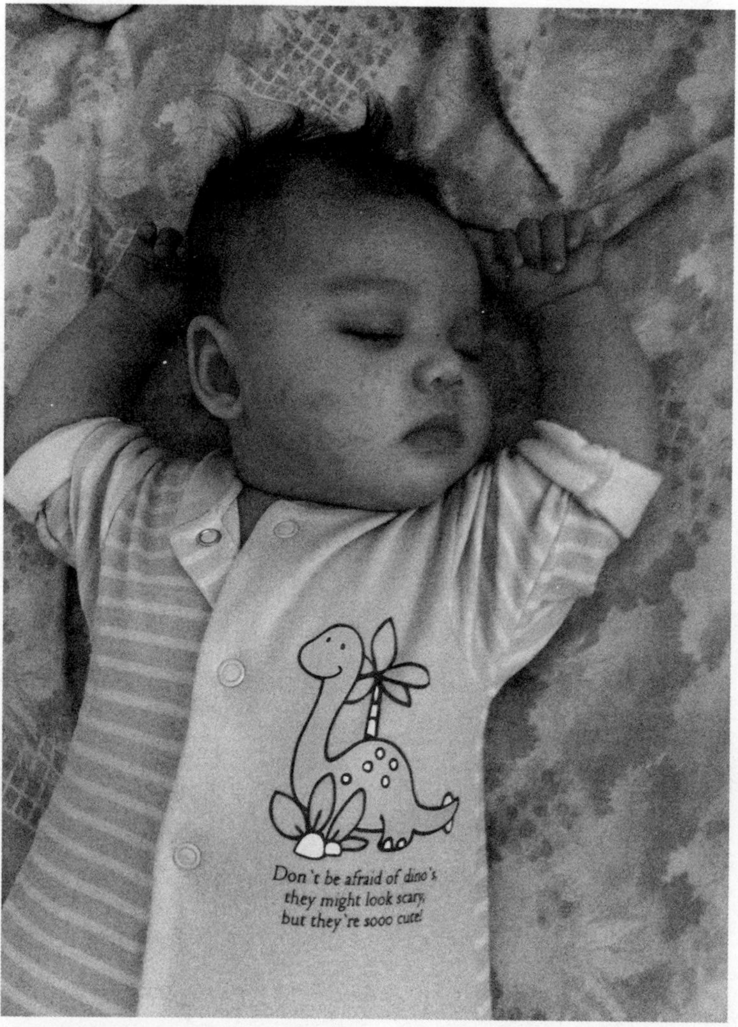

◇ 用了中草药湿疹膏，茉莉脸上的红疹子消了一半

“我大便拉不出来，很疼。上次也这样，都是他给我开刀治好的。”

“哎呀妈呀，你们这些欧洲人啊，我真的是服了。大便拉不出就要在屁股上割一刀，耳朵发炎是不是也要割掉一只耳朵？胃不舒服要不要肚子上割一刀啊？没有手术，没有药品工业之前，你们欧罗巴人就不生病不治病吗？”

“这叫做现代科学。你那些都是老祖母的土方法。我一感冒你就叫我喝点热水。”

“对啊，加快你的体内循环，让病毒尽快释放出来。怎么不科学了？去花钱买个药片就科学啦？不花钱的手段就不是正常手段？”

“我头疼你居然叫我出去散步。我就是累了不舒服才头疼，你还叫我出去散步，我需要的是去买阿司匹林。”

“你头疼是因为缺乏运动，需要呼吸新鲜空气。你老是关着窗户窝在家里看电视，不按时吃饭睡觉，你怎么不头疼。你大便不顺畅是因为你不吃蔬菜水果，不喝清水，每天都是烟酒咖啡，上火。”

“又来了。就你懂，你比医生还行。你才让我上火呢。”

“医生也有自己的局限性，医生不吃辣椒就不知道怎么治上火。茉莉的湿疹就是最好的例子，”我振振有词。

“外国人”哑口无言。

我摸出几颗牛黄解毒丸给他：“我从小爱吃辣椒。每次吃后，如果拉大便疼了，嗓子不舒服了，就是上火。吃几颗这个，多喝点水就好了。今天不要再喝咖啡和红酒，更不要抽烟。这些都会加重你上火的症状。我吃了三十年辣椒，从来没有皮肤问题，也没有为大便开过刀。你愿意信我还是愿意去挨一刀，随便你选。”

“外国人”是个万事怕麻烦的人，他接过药丸一口吞了。

“你多喝点水。清水，不是咖啡，不是饮料。”

“清水怎么喝，没滋没味儿的。”

“水就是水，H_2O，无色无味，生命之本。为什么水一定要有滋味？为什么一定要装在资本家设计的包装里你才喝得下去。你们这些欧洲人啊，就是吃了资本主义太发达的亏。你们的思想都被消费社会绑架了。”

“真喝不下去，必须在里面加点什么东西。这样喝白开水太奇怪了。”

“那我给你泡一杯绿茶吧。你别跟我说要加奶加糖啊。”

“瞧你说的，我老婆可是中国人，我才不往茶里加奶加糖呢。”

第二天，先生眉开眼笑地从厕所里出来，屁股不疼了。三颗小药片解决了问题，不用去预约开刀了。争论问题的时候那样刻薄，讽刺我是老祖母，得了好处他却马上投降：“这是什么好东西啊？好神奇啊？要不然你也弄点过来卖吧？”

“这叫 Dragon Powder（龙粉）。”我懒得和他多废话。

……

又一年圣诞节到了。我特别期盼能过一个原汁原味的圣诞节：美丽的圣诞树、五彩缤纷的礼物、佳肴美酒，还有浓浓的亲情，给刚刚出生的茉莉宝宝最美好的童年记忆。

眼看着平安夜就快来了。

“你爸爸妈妈怎么还不邀请我们去过圣诞节啊？我的礼物都给他

◇ 法国里尔浩浩荡荡的圣诞节采购大军

◇ 法国里尔，圣诞老人们在开“工作会议”

们准备好了。”

“我们家没那么讲究，过不过都一样。你知道基督是谁吗？你一个中国人跟着瞎起劲干吗？”

“你们过圣诞节，就相当于我们中国人过年。我现在孤身在外，每逢佳节倍思亲，你懂吗？我不想过节太冷清。”

“好吧。我先打电话问问我妈，我们可不可以过去。”

“什么？还得问她可不可以过去？你妈还能不让咱们去过圣诞节？对一个中国人来说，不让晚辈回家过年，就是要断绝关系的意思了。”

“中国人太戏剧化了。你又没提前约好，万一他们有什么特殊安排呢，或者没准备那么多食物呢？”

“那有什么关系？不需要什么安排，家人团聚才是最重要的。你妈还能让我们带着茉莉饿着看他们吃好的？这是你妈，又不是外人，你客气什么啊？”

“外国人”硬着头皮打电话去了。

“我妈说我们可以去，但是没有准备我们的食物，去了再看怎么办吧。”

我开始麻利地收拾东西，准备出发。还好我脸皮厚，缺心眼儿，不然早被气死了。

……

“外国人”跟我回成都度假，他最喜欢在大街上闲逛，东张西望。

“哇，成都人好爱吵架啊。街上到处都有人在吵架啊，而且是几个男的女的一起吵。”

“谁吵架了？”

“前面那一堆人不是在吵架吗？”

“什么吵架？人家在聊天讲笑话。”

“哇，聊天要这么大声，这么激动啊？”

“这叫生动有趣，活力四射。谁像你们欧洲人，晚上七点一到，大街上人影子都没一个，闷死了。”

“怪不得你说话这么大声还自己不觉得。”

……

在成都参观建川博物馆，其中一个纪念馆的内容都是国共两党合作，奋力抗击日本侵略军。墙上贴满了为抗日牺牲的军人的照片，全部是一张张鲜活的年轻面容。墙边站着讲解抗战历史的老师和认真听讲的小学生，背景音效里传来模拟战争的枪炮声。确实，如果没有这些军人的牺牲，也许就没有今天站在这里的你我。在这个所有人肃然起敬的时刻，“外国人”忽然叫唤起来：“喂，老婆，你快来给我和 Chairman Mao（毛主席）拍一张照片，我终于找到他了。我一会儿回去要发 Facebook，酷，嘿嘿。”大家循声望去，只见一个黄毛双手叉腰、神气活现地站在毛泽东同志的雕像旁边摆好了姿势。于是，大家又朝我望过来。

……

◇“外国人”执意要与毛主席合影

我们住的成都街区有家台湾人开的奶茶店——“艾哈德”，一个不土不洋的糊弄成都人的名字。每次一有顾客进门，所有带着耳麦的工作人员就一起冲顾客喊：“欢迎光临艾哈德。”这种高涨的服务热情把没见过“世面”的“外国人”着实吓了一跳。此后，他就跟上了瘾一样，没事儿就去奶茶店买杯冰咖啡。没过多久，他就跟台湾老板混熟了。老板会做生意，每次“外国人”去了，他都热情招呼，还送个小酸奶什么的。他每次去都指着墙上的图片比划着点饮料，忽然有一天，一个伙计把一份英语饮料单放到了他的面前。这下可把他感动惨了：“我从来没有享受过这么好的服务，还有专门为我准备的饮料单，我一定要坚持天天去，VIP 啊，酷 。”瞧瞧吧，也不知道到底哪儿才是发达国家。

离开成都前夕，“外国人”执意要我陪他到奶茶店去和那个为他“量身定制”了饮料单的小伙计致以崇高谢意。我想说他纯属多此一举，但又不好伤害国际友人单纯的心。奶茶店的生意很好，伙计们忙得水泄不通。好容易逮着一个机会，他使劲对那个伙计招手。我马上凑上去说：“我们明天回去了，今天他专门来跟你告别，谢谢你的英文饮料单。”伙计面无表情地来了一句“Ok！ Byebye！”就转身继续工作了。“外国人”黯然：“怎么他反应这么冷淡啊？”

“老板盯着他工作呢，那么多客人，你还想他给你来一个拥抱啊。你想感谢他，最好的办法就是当着老板的面夸奖他。”

“我可不想参与他们的公司管理。我就想和他说谢谢，再见。怎么这么难啊？”

……

冬天的北方，阴雨连绵，阴风阵阵。清晨，闹钟响了，先生挣扎着起床去工作。我和茉莉还舒服地躺在温暖的被窝里，看着他哆嗦着穿衣服，顿时很是心疼他。风里来，雨里去，夫君挣钱养家也真不容易，对他，我应该少些抱怨，多些关心。我拉着他的手，温柔地说："亲爱的，你真好。"外国人"答："What？ You want to have sex？（干吗？你想爱爱吗？）"

……

这个周末天气不错，我想去海边。"外国人"是宅男，就爱窝在家里。我好说歹说没有用，他的理论是今天就是不想动，这次该轮到我将就他了。我看友好协商彻底无望，就琢磨着要不要来一招"中国式撒娇"，用糖衣炮弹逼他乖乖就范。我从来不是个会撒娇的人。以前在国内，常会有男性友人语重心长地提醒我："你啊，是个好女人，就是不会撒娇，所以讨不到男人欢心。"我一直以为撒娇是我严重缺失的女性魅力，也是征服男人的制胜法宝。我之所以沦落到要远嫁他乡，就是因为在撒娇这件事上栽了大跟头。

为了达到去海边的目的，我豁出去了，反正是自己老公，不丢人。

酝酿了一下情绪，调整了语调语气，我鼓起勇气开口道："亲爱的，你最好了，你过来嘛……"

"Fuck .What is wrong with you？ Can you talk in a normal way？ You are an adult，not a little girl.（靠，你犯什么毛病？能好好说话不？你是成年人，不是小女孩。）"

"I just want to be nice.（我只是想态度好点儿。）"

"Nice？ This is disgusting .（这不叫态度好，这叫恶心。）"

撒娇首秀彻底失败。我本来就不会，以后也用不着了。罢了，也好。

……

搬了新家，我们和父亲视频。父亲看着女儿在异国他乡终于有了个舒适的居住环境，很是高兴。他问比利时女婿：“你喜欢你的新家吗？”比利时女婿开玩笑地回答：“喜欢啊，新房子，新心情。要是再换个新老婆，我的生活就完美了。”老人没回答。

生活还在继续。“谁让你要嫁给外国人啊？”还在无限循环播放。嫁给一个外国人到底好不好呢？没有好和不好，只有是否适合自己。

外国男人？黄头发，蓝眼睛，说话叽里咕噜，交女朋友乱七八糟，对老婆花钱斤斤计较。嫁给他们可怎么好？中国女人？黑头发，眯缝眼，说话吵吵嚷嚷，做饭要吃狗吃猫，讲话没有大脑，结婚就是图个护照。怎么可能跟她们生活在一起？

世界如此之大，信息传播如此发达，我们还是强烈地依赖着傲慢和偏见的思想，难以自拔。简单地划分任何人和任何事真的有助于我们了解真相吗？

其实，嫁给一个外国人和嫁给一个本国人，实质上并没有什么两样。世界上所有的男男女女都是为了同样的原因在一起生活，为了同样的事情而争吵，为了同样的矛盾而痛苦，为了解决同样的难题而努力。

两个不一样的人，来自不同的家庭，受过不同的教育，有着不同的意见，他们生活在一起就会有各种各样的问题。但矛盾和协调就是婚姻的实质，和两个人分别来自哪个国家并没有直接的关系。

生活一幕幕地上演，不分国家和地区。

第十四章

世界上所有的夫妻都在吵架呢?

五年前的一个傍晚，我和“外国人”还没有结婚，当我正和远在比利时的他 skype（视频聊天）时，隔壁邻居两口子在吵架，声音通过相邻的阳台传到我的房间，越来越大，直到我们听不清彼此在说什么。比利时男友叹为观止：“哇，中国夫妻吵架这么激烈啊。他们到底在吵什么啊？”我想也没想就回答说：“You are wrong，I’m right.”（你是错的，我是对的。）说完之后，我们两个人忽然陷入了短暂的沉默，似乎都在回味我随口答的这句话。你是错的，我是对的。在不经意间，这句话好像道尽了世间所有夫妻争吵的原因。可不是，一切的一切，不就是为了证明你错我对嘛。而不幸的是，另一个人呢，他也刚好是一模一样的逻辑。我怎么会不对呢？你怎么能没错呢？于是又一轮天昏地暗。我们若有所思地笑了一下，觉得自己很智慧，以后才不会犯这样俗气的错误。

时间过去了五年。我们从背包里装把牙刷就满世界乱窜的文艺青年变成了每天早上睡眼惺忪地送孩子上学的世俗夫妻。以前那些读书、听音乐、旅行、泡酒吧的时间现在都被家庭生活填满了。生活中最大的乐趣从潇洒走天下变成了陪孩子看动画片。在这五年当中，生活对我们提出了很多挑战：法国和比利时各种令人崩溃的行政程序，为人父母的窘迫和艰辛，琐碎的家庭生活，精打细算的开销，让人寒心的法国就业市场……我们当然没有做到不吵架，我们也天经地义地变成了多年之前的隔壁老邻居，甚至有过之而无不及。

曾经有几次，我们大吵一架以后，我气得跑出门去。大街上冷冷清清，家家户户都关上门在过日子，居然没有一个地方可以去。给朋友打电话，他们都围着自己的家庭和工作团团转，也不能陪我聊得太久，更没有谁可以出来陪我喝一杯。那种孤立绝望的感觉让我恨不得马上买张机票回国，把大家伙都叫出来听我诉苦。娘家人啊，乡亲们啊，看吧，我一个人，远嫁他乡，受了委屈都没有地方去，多可怜啊，呜呜呜，都是他的错啊，怎么能这样对待我呢？我多不容易，我这么好啊。我合情合理地就变成了隔壁的老邻居。

演出季到了，剧场里的剧目排得满满的，“外国人”的工作一下子就忙起来了，天天早出晚归。我每天下班后一个人接女儿回家。从晚上六点到九点，我就像打仗一样：做饭、洗碗、收拾、给孩子读书、洗漱、换睡衣。好歹熬到上床时间了，女儿还不肯睡，在床上来回跑。她上蹿下跳，一会儿说要喝奶，一会又说要便便，一会又非要让我先躺下。直到耗尽最后一格电，“怪兽”才终于倒下，我也累瘫在自己的床上，憋着一肚子话。外国爹终于回家了，但是他并不和我说话。他默默抽支烟，喝一杯红酒，然后上网看新闻。我很想跟他说说今天晚上我是如何大战“怪兽”，力挽狂澜，但是我已经睡着了。迷迷糊糊中，一个人影爬上床，五分钟以后，鼾声响起。早上闹钟一响，“外国人”又准时起来，收拾一切，去上班了，只留下我送孩子上学。还来不及说你好，又说再见了。

就这样过了一周，终于到周日他休假了。我们计划今天带孩子去里尔的歌剧院参加市里的家庭音乐日活动。忙碌了一周，终于可以享受一下幸福的家庭生活了。我一早起来，兴高采烈地东奔西跑，把一切都收拾妥当，把女儿喂饱穿好，就等着他出发了。好容易等他起床了，慢腾腾地吃完了早餐，终于可以出发了。忽然，他拿着Ipad又回到卧室，说等一会再出发。这个情景我再熟悉不过了，已婚男人抱着Ipad躲进寝室，天经地义地自动切换到单身状态，把我一个人扔给淘气的孩子和做不完的家务。为什么总是我要留在客厅围着孩子团团转呢？为什么他就能那么心安理得地躺在床上呢？他怎么能这么不自觉呢？难道我就没有自己的事情要做吗？一个星期了，我快累死了，难道他就不能陪我一下吗？我结婚就是为了伺候这一大家子吗？

我发火了，夺门而出。

我走在街上，心里特别委屈。对面冲过来一个法国女孩，双眼发红，呼吸急促。一个法国男孩紧跟着他追过来，说：“哎呀，亲爱的，你又生气了？你听我说啊。”

在这个周日的早上，有多少女人在受委屈呢？

我自己去了歌剧院，里面已经挤满了人。大点的孩子们打扮得漂漂亮亮，在歌剧院里跑来跑去，大人们跟在后面大呼小叫。小不点们在襁褓中好奇地东张西望，新爸爸和新妈妈们痴迷地看着自己的作品，陶醉地亲吻着小宝贝们的脸蛋。出门还不到一个小时，我就想起自己的家了。到处都是全家福，我一个人灰溜溜的。无趣。

回到家，吵架。我控诉他把我当保姆，无视我的存在。他说工作了一周想自己待一会都不行，我还发那么大脾气。我斥一句，他驳一句。欧洲人男女平等的思想在我们吵架的时候充分发挥着绝对不利于我的作用。我永远也别想用女人的软弱和眼泪来打动他，只能摆事实讲道理，还得忙着用英语遣词造句。“你是男人就不能哄着我点儿吗，为什么要处处跟我较真？”这句话我说到现在都不确定他是否听懂了。他听不懂是因为我的英语表达不够准确呢，还是因为他骨子里压根儿就没有男人应该让着女人的观念呢？

想吵架却吵不痛快是一种让人发疯的感觉，满腔的怒火都会被26个字母生生挡回来，想百般控诉却词不达意。听着自己乏味的英文，觉得自己又委屈又愚蠢。白天吵累了，晚上睡觉还在想白天那句英文应该怎么说才显得更理直气壮。学外语学到这种地步，也真是对得起当初那位欣赏我的初中英语老师了。这样吵架特别费脑伤神，事后没有两三天根本不能恢复平静。我俨然是升级版的成都老邻居了。

周一早上，“外国人”开车去剧场了。迎面走来了Olivier——他最要好的一个同事。Olivier一见他就很高兴，老远就热情地跟他打起招呼来。他百感交集，急忙跟对方招手。

结束工作后，两个比利时男人到酒吧拉起家常来。

“我说Olivier啊，今天早上你一见我就跟我打招呼，我真感动啊。终于有个人一见到我就很高兴了。”

“你这是怎么了？怎么这么说呢？”

“女人啊，真麻烦。”

“嘿嘿，我跟你说哈，昨天我看比利时电视剧里头有个亚洲女人在发火，我马上就想到你家的那位了。哈哈！你老兄家里就有一个 Chinese Dragon（中国龙）啊，嘿嘿。”（龙在欧洲童话故事里是一种凶狠邪恶的角色，常被欧洲人用来形容惹不起的人。）

“Chinese Dragon（中国龙）发火了，说我无视她的存在，不照顾她的感受，把她当保姆。”

“呃，这话怎么跟我家那位说的一模一样的呢？她说我把她当灰姑娘，动不动就抱着儿子跟我闹分手呢。”

“哟，你家里也有条 Belgium Dragon（比利时龙）啊，你也不比我强啊。”

“嘿嘿，可不是嘛。她要知道你叫她 Chinese Dragon（中国龙）会不会很生气啊？”

“没有啊。她说她本来就是龙的传人，还很骄傲呢。”

“看吧，Chinese Dragon（中国龙）就是比 Belgium Dragon（比利时龙）厉害。”

“嘿嘿，呵呵。”

两个比利时已婚妇男惺惺相惜，点头干杯。话题就此打住，他们绝不会继续讨论，更不会就如何解决这个问题拿出一个方案。对于他们来说，点头，干杯，就够了。男人和女人的区别就在于，男人吵完架该干吗还干吗，女人气得坐都坐不下。

我跑到巴黎的一个女友家去了。不给我认错，我就留在巴黎了，本姑娘有本事有朋友，离了谁都能活，走遍天下都不怕。虽然无数次的事实已经证明，“外国人”绝对不会像我幻想的一样出门来追我，给我道歉，求我回家，但我还是放不下这“嫁给你是你的福气，对我不好就走人”的劲头，谁叫我是龙的传人呐。我曾经问过“外国人”：“你就不担心我出门有什么意外或者不回来了？”他说：“既然你想出去一个人待着，那我就不打扰你了啊。我怎么知道你跑出去是希望我来追你的意思？”

巴黎的这位女友是个广州姑娘，原来在法航的中国班机上做乘务员，每周飞往浪漫巴黎，是个人人羡慕的空中小姐。嫁给法国先生后，她暂停工作，生了一儿一女。夫妻俩在巴黎郊区买了一栋老房子，刚刚翻修完毕。这是一栋典型的法式乡村小屋，花园里种着自家的蔬菜，厨房里放着自家母鸡下的蛋，客厅里两个混血孩子在叫妈妈，墙上贴着给孩子读中文故事的时间表，书架上摆着法国先生学汉语的书籍，女主人在来回忙碌。

好一幅中法夫妻的桃源生活景象啊。除了这样，幸福还能怎样呢？

我仔细打量着她的新家，心里默默地羡慕，也为她高兴。相识相知十多年，我是看着她从青涩的大学生变成事业家庭一肩挑的国际妈妈。

崭新的地砖上有个白色的小坑。

“这地砖上怎么有个坑呢？”

“哎，不怕你笑话，就是上次吵架呗。我一个人带两个孩子，太累了。他在楼上睡大觉呢，我太生气了，就把盘子摔地上了。”

童话往往写到“王子与公主从此过着快乐幸福的生活”就结束了，是因为后面再也写不下去了。

“那你怎么不让他起来帮你啊？”

“我叫不动啊。他说头一天上了晚班，累，起不来。”

“你一个人带两个孩子多累啊，肯定是忙不过来的。你父母前段时间不是过来了吗？”

“别提了。父母都提前走了。他们在，我们更是天天吵。”

“啊？吵什么啊？”

“我父母看不惯他懒，觉得我一个人太累了。他呢，法国人嘛，受不了家里老是有别的人，没有自己的私人空间。”

“呀，还私人空间呢。两个孩子呢，本来就没什么私人空间了啊。父母愿意来帮忙就不错了。”

“是啊，父母年纪那么大了，放下自己的事儿专门过来帮我们。我真是，哎。你看我家这房子现在这样，可买来的时候就是四堵墙啊。法国人工那么贵，只有找中国装修师傅。要不是我爸天天和师傅一起磨啊，泡啊，不知道我们什么时候才能住进来啊。我妈也是，天天帮我带孩子做饭，有她帮忙，我白天才能午睡一会，补充一下体力，不然我早累垮了。”

“这么多工作父母都分担了，你每天还能和他们说说话，多好啊，羡慕死我了。”

“你别羡慕我。父母是帮了大忙，也带来了大问题。”

“能有什么大问题啊，不就是生活习惯不同嘛。你在中间调解一下就可以了啊。”

“我当初也是这么想的，哪有那么简单啊。你看这楼梯，是我爸亲自给我们油漆的。大热天的，他刷完累得腰都直不起来了。可我先生不满我爸刷之前没问他喜欢什么颜色就自己决定了，结果不是他想要的效果。”

“也是哈。法国人那么追求自我，好容易买个房子，结果楼梯都不是自己想要的样子，是有点郁闷。我可以理解。可是有人帮忙刷就不错了啊，先住着，以后你们有机会再刷一遍嘛。”

“他不这样想啊。他说他从来没有要求我的父母来帮我们做这些，他可以自己做。但是我父母来了却让他的私人生活很受影响。”

“你家两层楼够大了，你们和父母上下分开住，也不会互相影响太多吧。”

“我爸年纪大了，他用完卫生间，有时候地上会有尿渍。我爸并不是故意的，我也跟他说过了，他也很小心了，但还是很难避免。我先生完全不能接受这一点，他要求我爸只能用楼下的卫生间，不要用楼上我们的卫生间。你说我怎么跟我爸说得出口？他这么远来帮我们，这么尽心尽力的。”

一向好脾气的广州姑娘又生气又委屈。我原以为吵架之后终于可以有个地方去避难了，却发现我有的问题，她其实也有，甚至她面临着比我更大的难题。我一时不知道该如何宽慰她，也给不出什么好建议。

“你妈带孩子总是帮了大忙了吧？”

“他说我妈带孩子不科学，什么用自己的筷子喂孩子不卫生；给孩子做饭老是大鱼大肉，又咸又油不健康；当着孩子说粤语不说普通话，加重孩子学习语言的负担；不让孩子碰这个不许玩那个，影响孩子自己探索，自由成长……”

“要求这么高，有本事自己带啊。”

“他是这么说。宁可一切自己来，也不愿意失去私人空间。他想得轻松，自己哪里带得过来？”

“他的生活真的很受影响吗？”

“嗯，可能是的吧。”

“你父母在的时候，你们是不是天天吃中餐啊？”

“我和父母吃中餐，他都是吃自己的那一份法餐。”

“那你们吃饭的时候和他说话吗？问问他今天工作怎么样之类的？他不是还在中国学过一年汉语吗？应该可以简单地对话啊。”

“我们一家三个广州人在一起，当然说粤语啦。跟他说话的时间不是很多。”

“他的家人来过你们家吗？”

“来过一次。我很欢迎他的家人来小住啊。但是他们都有自己的安排，也不想太多打扰我们吧。”

“你别老觉得都是你对，都是他错。他和父母的关系本来就不像你们那么亲近，也许他跟自己的父母都不能长久同住，更别说是你的父母。你们一家人吃粤菜说粤语，人家也插不进来，也难怪他不自在啊。”

“我妈对他意见特别大，说他不帮忙带孩子。好几次吵起来，我两边为难，筋疲力尽。”

“你妈帮你带孩子，那小孩一哭，是不是你和你妈轮流上阵？”

“是啊，只有我们俩才知道那些七七八八的东西都放在那儿啊。”

“怎么会呢？我为我女儿做的事，她爸爸都会啊。虽然他会把茉莉的裤子和鞋子穿反，但是他是可以独立带茉莉的。我家没老人帮忙，都是我和孩子爸爸。”

“嗨，我家那位什么都不会啊，他什么也不帮忙。”

“你和你妈把带孩子的活儿都包揽了，他插不上手，时间久了他当然就置身事外了啊。茉莉生下来，我还躺在病床上呢，第一次换尿布，第一次洗澡，都是护士教她爸爸做的。”

“我妈走的时候还说她想不通呢，辛苦把我养大难道就是为了伺候另一个男人吗？”

“你妈这么说有点夸张了啊，人家工作也是为家庭付出哈。你是不是常常跟你妈抱怨他的不是呢？”

“对啊。我累了，就会说啊。我妈听了就生气，觉得我很委屈，就怪他，跟他吵架呢。”

“你妈虽是心疼你才这么说，但是会加剧你们的矛盾啊。你本来就累，心里上火呢，你妈这么一说，火上浇油啊。”

广州姑娘垂下眼睛：“也许吧，可能我本来还没那么生气的，她一说我不气都不行了啊。现在我妈走了，虽然我要做更多的事情，但是心里却轻松多了，不用再想着照顾所有人的感受，不用两边说好话，两边受气。”

“亲爱的，很多夫妻之间的矛盾，夫妻自己可以化解的。你再气，他起床给你一个拥抱，说声‘亲爱的，你辛苦了’，你多半就消气儿了。父母一旦参与进来的话，矛盾就升级了。其实父母参与解决不了任何问题，还经常弄得局面难以挽回。你得在你这里终止矛盾，不能传递矛盾啊。这可是我离过一次婚才得出的教训。我现在跟我先生吵得再厉害，从来不跟娘家提，提了也没用，只会让每个人都更不满。所以，他们一直还相处得可以的。”

“哎，我就当是得了一个教训吧。我就觉得很心酸呐。爸爸妈妈平时隔得那么远，他们为了我辛苦了一辈子。我们买这房子，父母又出钱又出力。现在我们终于有条件了，想让他们来多看看孙子孙女，也帮帮我。可是为什么就是不行啊？”

“亲爱的，你选择嫁给一个法国人，就不能想着中国式的三代同堂了。人家也没有要求你要孝顺法国公婆不是？”我小心翼翼。

“难道因为我嫁给一个法国人，我就不能见自己的父母了吗？可我是中国人啊。”

“父母可以偶尔来，只能是探望，小住，不能待太久了，也不能把你家当成他们家，凡事都得小心注意，互不打扰，互相尊重，法国人最计较这个了，你是知道的啊。你就是嫁给中国人，也是一样的，无非就是国内往来方便一些而已。”

为了更多的人生自由而选择了国际婚姻，却带来了另外的不自由。一个解决问题的设计，反而成为另一个问题的本身。广州姑娘长叹一声，开始有点忍不住掉眼泪了。

“现在父母走了，没有人帮我了。他虽然有开始做一点点事情，但是远远不够啊。我快累死了，经常都想发脾气摔东西，我真的在考虑离婚了。”

“别轻易说分手啊。当初你嫁给他的时候不是也看上他的很多优点吗？”

“可当初的优点解决不了现在的问题啊。”

“什么也不能保证永远没问题。现在的问题只能现在想办法啊，你得跟他单独谈谈。”

“一谈就吵架啊，我都吵怕了。”

“你不要一上来就责备他，咱们学学法国人那肉麻劲儿。你跟他说，你很爱这个和他一起组建的小家庭，你需要他的帮助，他很重要。你争取和他好好商量，合理分工，达到自己休息的目的。这是你的家，只能你自己想办法，他才是你的生活伴侣啊，不是你父母啊。”

广州姑娘陷入了沉思，我也一样。我期望得到宽慰，却成了宽慰别人的旁观者。

当我们争吵的时候，我们到底在吵什么呢？仅仅是因为夫妻双方是不同国家的人吗？同一个国家，甚至从小在一条街上长大的人，结婚以后也一样会吵架啊。说来说去，还是那个“你是错的，我是对的”的想法，那份总是把别人当成自己的执着。

我常常陷入一种强烈的觉得对方对不起自己的委屈感受里。我很多有婚姻生活的女友们也有这样的感觉。我们觉得自己受了委屈，被辜负，然后心生不满，开始抱怨或发小脾气。产生这种感觉的原因很多：对男人不体贴的失望；对婚姻生活的不满；做不完的家务；让人疲惫不堪的孩子；要求自己要当贤妻良母却又做不到；对自己的付出没有得到回报的气愤……

我所认识的母亲里面，无论中国女人、法国女人，还是比利时女人，都多多少少会抱怨家里的男人不够体贴。在家庭生活中，女人显然承担着极其重要的角色和繁重的工作。而大部分的男人，无论中国男人、法国男人，还是比利时男人，相对于女人来说，他们在家庭生活中确实是懒散的，是以自我为中心的，对于别人的情感需求是迟钝的。女人得不到自己期待的体贴，因而委屈、发脾气，男人不知道原因却本能地抗拒一个生气的女人，女人就更生气，男人烦了怕了，就只想跑出去躲开这场风波。

在这个不断重演的戏码里，谁对谁错我们永远都说不清楚。就算证明了女人都是对的，男人都是错的，那又怎么样呢？问题还不是没有解决吗？难道男人和女人只能不停地因误解而结合，因了解而分开吗？

既然不能期待男人读懂我们的需求，对男人生气也没有用，那就只剩一条路了——冷静地说出自己的要求。

记得啊，下一次一定要冷静地说出自己的要求啊，做不到就再下一次吧。

反正，世界上所有的夫妻都在吵架呢。

第十五章

中国制造

周六，里尔市的会展中心迎来了 Art up 当代艺术展览。我带着茉莉去看展会。在法国生活的一个很大的好处就是可以经常参加各种文化艺术活动，从国际规模的大型艺术展览到小咖啡馆里的独立音乐家演奏会，五花八门，应有尽有。如果哪天想出门，可以上市政府的网站上查一下，基本上都可以找个热闹的活动去凑一凑。

市政府会为市民做很多免费的文化活动，作为他们政绩的一部分。市民们也习惯了周末全家去看展览、做手工、学园艺。文化生活不是阳春白雪，也不是成功人士消费高雅的工具，它就像周末去逛街、吃饭、看电影一样，文化是大家生活的一部分，无论你是消防员，还是建筑工人。对于我这个喜欢艺术而又不了解艺术的人来说，这是甚好的。学生时代被各门主科老师霸占的美术课和音乐课，现在终于可以好好补上。

◇ 消防员也爱当代艺术

茉莉小朋友在展馆内兴奋地跑来跑去，什么艺术不艺术，在她眼里都是玩具。馆内不只一个小朋友，他们都牵着爸爸妈妈的手东张西望。一尊红色的雕塑吸引了茉莉的注意，这是一个金刚样子的大猩猩，茉莉兴奋地叫着“妈妈，妈妈，快看”，我一边答应着她，一边时刻警惕着她“破坏文物”。茉莉跑到大猩猩跟前，忽然，她对着大猩猩狠狠地跺了一下脚，嘴里发出一声低吼，呜……我赶紧抬起手，随时准备阻止她乱摸乱碰，心里担心着别人会不会介意她这样捣乱。站在旁边的画廊经理忍不住笑出声来：“你想吓唬它啊，这说明我这件作品很成功啊。”

我常常被自己的习惯思维左右，认为我不是别人的客户就最好不要打扰别人做生意。法国人对我不带任何目的的热情友好往往会让我感到意外。我的习惯思维背后其实是中国社会人际交往中实用主义为上的不良风气。我和别人说话，别人和我说话都必须是有目的和利益的，否则，就是给人添麻烦。那么人和人之间，除了利益交换之外的交流乐趣呢？这恰恰是中国社会所严重缺失的。

画廊经理并没有认为我们是闲杂人等，也没有希望我赶紧离开的意思，反而跟我友好地交流。这种互相尊重的氛围确实让陌生人之间的交谈变成了一件轻松自然的事。

“小朋友，你说的是哪国话啊？”

“她是各种语言混着说，只有我才能听懂。”

“是吗？多语言教育啊？很好啊，都有哪些语言呢？”

“学校里是教法语，爸爸跟她说荷兰语，我跟她说中文，我和爸爸之间说英文。有点多呢，要是她负担太重的话，我就不说中文了。”

“怎么能放弃中文呢？这是很重要的语言啊。我们这个时代已经很国际化了，我的孩子想学中文还没有这个条件呢。今天要想做点生意，多少都会和中国扯上关系的。我们艺术圈也是一样，这几年有越来越多的中国艺术家、中国收藏家。我要会中文，不知道多好呢。”

茉莉已经跑到大猩猩后面去了，她东张希望，指着一个正在墙上作画的艺术家的调色板自言自语：“这是红的，这是蓝的……”我担心她打扰别人工作，经理却说“没关系，颜色会让孩子很兴奋，小朋友对艺术比大人敏感的多”。经理并没有因为我们不是买家就对我们不耐烦，反而饶有兴致地跟小朋友互动起来。走的时候，经理礼貌地递上他的名片，半开玩笑地说："给我未来的中国客户。"

当代艺术正在全世界兴起，在这个领域充斥着来自世界各地的艺术家脸孔，从展出的艺术作品上已经很难看出创作者的文化背景了。不久以前，我在巴黎的 Asia Now 亚洲当代艺术展览会上碰见了一大堆说着京片子的法国人，让我很是担忧了一下，照这么下去，我这个说中文的还怎么混饭吃啊。在产业全球化以后，艺术领域也正在全球化。在未来的就业市场上，每个年轻人都要面临全球的竞争，会说英文只是最基本的，最好还要懂得第二门外语。除此之外，还要有一个专业背景。真是可怕，会不会有一天，地球只剩下一个工种，就是控制机器人，因为机器人可以做我们人类之前从事的所有职业。想当厨师，对不起，请给火星那边寄简历吧，那边还缺几个站着炒菜的厨师。

一个法国经纪人正在努力说服一个有意向的买家："先生，您可要看好了，我们这个作品可不是"Made in China"（中国制造），这是我们的艺术家的心血之作啊。"

尖酸刻薄，好好卖你的画呗，中国制造哪里惹你了？你不喜欢"Made in China"（中国制造）就去买"Made in France"（法国制造）嘛，又没有人强迫你省着花钱。

我心里嘀咕着，脑海里已思绪万千。

"Made in China"已经是一个专有名词了，不说英语的法国人说到这个词也会按英文原文引用。那些印着" Made in China"的白色小标签，伴随着中国制造的崛起和中国外汇储备的丰厚，已经遍布这个世界的每个角落。世界人民对中国制造的感情是复杂的。在买东西的时候，他们都喜欢中国制造的便宜价格；在谈理想的时候，他们喜欢攻击中国制造，认为“它代表了工业化的廉价产品、环境污染、剥削童工，导致当地失业”。

2011 年，我在巴黎参加家具博览会。我路过一个美国公司的展位，他们正在给参观者推荐他们的新产品——一片式折叠椅子。一个美国小伙主动拉住我跟我问好，给我发产品介绍。当他知道我是中国人的时候，脸色立马变了：“对不起，您能把我的资料还给我吗？我非常抱歉，但是老板交待了，不准把产品介绍发给中国人。你们的模仿能力太强了，我们不得不担心……”

曾经在一家咖啡馆，一个阿拉伯人对我举起酒杯说：“谢谢中国人，没有中国制造，我们永远用不起家电。”

曾经在一家酒吧，一个法国女人虎视眈眈地盯着我：“就是廉价的中国劳工，让我们都失业了。”我问她愿意不愿意为了每个月 500 欧元起早贪黑，离家两千公里，每年只见亲人十天？她说她每个月的失业金都不只这个数，还什么都不用干。

法国电视新闻又在播出工人示威游行了。公司老板决定关闭法国的工厂，到中国去投资建厂。记者追着老板要解释，老板说：“法国税高，人工成本高，企业负担太重。中国劳动力便宜，中国工人愿意吃苦，愿意加班，不搞罢工，更利于企业生存。标致汽车这样的大企业都撤到中国去了，他们是法国的纳税大户，我们小企业为什么不去？我们在这生存更艰难，我也要养家。”员工代表声泪俱下：“我在这里工作了三十年，我是一个很好的技工。现在老板说关门就关门，我怎么办？房子、车子、孩子，样样花销等着，还有我的养老金呢？”

其实，在法国当穷人还不算太差，失业金、家庭补助、低收入者津贴，政府实实在在地在搞福利。只要你不怕填写表格太复杂，排队办事太麻烦，最基本的温饱还是可以保障的。那么，这样庞大的福利，钱从哪里来呢？当然是羊毛出在羊身上。法国号称世界上税收第二高的国家，名不虚传。无论你是工薪阶层、自由职业，还是中产阶级、影视明星、企业家，赚一块钱基本是有五毛要交给国家的，依法纳税是公民义务。

每年9月是法国工薪阶层填表报税的时候，这个月很多餐厅都生意冷清。大家交完约等于大半个月工资的年个人所得税后都穷得叮当响，恨不得一块钱当成两块钱花。我的一位法国朋友还跟我抱怨说交税就是国家以法律名义在抢劫人民财产。

即使不是9月，平日里的花销也是要精打细算的。各种比较同类商品价格哪家最低的网站在法国大行其道，卖厨房纸的厂商把“一次只能撕下半张，可以节约”当成新产品的亮点来大肆促销，家庭主妇仔细留意着各大超市的促销券，年轻爸爸蹲在婴儿尿布专柜前仔细地比完一包的总价再比一片尿布的单价。巴黎的一个女友有大银行中层职位的收入，她经常进地铁站不打票。她非常诚恳坦然地告诉我，她负担不起交通费，就算被检票员抓住了挨罚单也比每天老老实实地买地铁票便宜。高昂的物价和普遍不高的购买力让大家实在大方不起来，不到万不得已，不会有人请客吃饭，一个人为一堆人买单在这里只能是传说。

与此同时，厂商们却变着法儿地为消费者制造需求。他们为切番茄和切土豆分别设计了专门的器具。商家们更是变着法儿劝人花钱，买个小洗衣机都可以分期付款，实在不行还可以办一张该商家的信用卡，这个月可以把明年的钱先花了。资本主义和消费生活早就在中国制造出现以前根深蒂固了。

穷人想尽办法省钱，富人则不择手段逃税。法国的很多富人长期居住在瑞士和比利时，就是为了转移资产，偷税避税。大鼻子情圣——国宝级别的男演员杰拉尔·德帕迪约（Gerard Depardieu）不久前还忙着和普京商量要当俄罗斯人。金融、IT之类的新贵公司为了逃税，注册地往往是个偏僻的海外岛。大型制造企业则纷纷跑到中国这样的新兴市场去淘金，留下法国东部无数颓废的老工业城市和酗酒的失业工人。

曾经看政治节目到深夜。法国极右党民意支持率一路攀升，创下历史记录。极右党的一位意气风发的年轻领袖要到东部各失业城市去视察，亲民之余，争取拉票。领导去访问失业工人，跟他们握手。一个看起来很体面的当地人当场对他发飙："你这个法西斯！种族主义刽子手！你的脏手不要碰我！"领导碍于摄像机前的公众形象还得耐着性子跟他歹话好说。当地工会主席对领导说道："我们工人抗争了几十年才有了今天的一点儿地位，我们绝不会让法国的历史倒退。你别来我们这里作秀，你不过是想来我们这儿走个过场，掏点政治资本，然后就想回巴黎去升官发财。你才不关心我们这里工人的死活呢。资本家有利可图的时候就剥削我们，钱赚够了就把我们扫地出门。我们是人，不是垃圾。这是罪恶。老板们几十年从我们身上压榨的钱足够给我们发一辈子工资了。这不公平。"出师不利，领导匆匆转换秀场，来到当地集市上，继续努力。一个寡妇拉着领导的手说："欢迎你们来保护真正的法国人。我丈夫为法国工作了一辈子，我现在一个月只有600欧元救济金。那些不务正业的外国人，他们都比我拿得多。这是凭什么？为什么我丈夫交的税不能花到我身上，要花到外国人身上？"在法国当领导真是个苦差事。政治家们上不敢动权贵阶层，怕失去利益集团的支持；下不敢动福利制度和35小时工作制，怕失去民意和选票；长期接受的精英主义教育还让他们怀抱着"自由，平等，博爱"的法兰西式理想主义，谈何容易。

已经失业和害怕会失业的法国工人，誓死捍卫35小时工作制和星期天零售业必须关门的法国工会，对着财务报表焦头烂额的法国企业家，忧心忡忡去咨询移民加拿大魁北克的法国中产阶级，左右难逢源的法国政治家，四处抗议工业化破坏大自然的法国环保人士，高呼为叙利亚难民打开大门的法国人权组织……在公共财政赤字和失业率居高不下的法国，为了各自的利益和意识形态，各色人等吵作一团。大家都有道理啊，谁都有一本难念的经呐，人人都有权利发表政见，投出选票呢。

一时半会儿，问题是解决不了的。法国人这股子气自然就发到了中国制造和外国移民上。经济不好怪中国制造，社会不安宁怪外国移民。

然而，全球化和资本主义并不是中国人发明的，即使没有中国制造，也会有印度制造、土耳其制造。只要法国工人坚持35小时工作制度，法国资本家就要去寻找第36小时、第37小时的劳动力。

法国工人有什么能留住资本家的技能呢，法国又有什么留住资本家的政策呢？

社会治安问题的根本原因也不是外国移民。一个年轻人，没有收入，整天面对铺天盖地的消费广告和崇尚个人主义的社会，他如何找到自己的人生价值呢？

在找到问题的答案之前，中国制造和外国移民只能充当替罪羊了。怪别人肯定比怪自己好啊。

一个行业消失了，自然有另一个行业出现，反正拿着失业金，不如先去上上政府办的免费培训班，不是还有很多行业招不到人嘛。这样的观点我是从来不敢跟法国人说的。“我有权怎样，政府应该怎样。”他们习惯这样想已经太久太久了。

这个世界上的一切都是在不停变化的。一纸 CDI（无限期雇佣合同）保证不了一个企业无限期的生存发展，三十年如一日坚守岗位的一把技术好手也阻挡不了一个行业的更替。以前的安稳生活结束了，谁都不想。那些年的幸福背后是殖民时代、工业革命、战后重建、资本主义发展几代积累下来的财富。

可谁也无法阻挡时代的前进，中国制造也不会永远是赢家。

上周，莉莉来我家了。她一个人在法国南部经营一家外贸公司，把深圳生产的一些电子设备出口到法国的各大超市。她每次来北方拜访客户就到我家住一晚，叙叙旧。早些年她的生意经营得还不错，她也自信满满。这几年，中国产品靠价格低打入法国市场的路已经行不通了，她正带领着团队开发自主设计的产品，品牌化的道路举步维艰。我看着她的头上慢慢生出一些白头发。

我刚刚失去了一份喜欢的工作。我的老板是一个住在比利时村庄里的法国人，他的村庄靠近法国的边界，他的家隐藏在村庄的一片小树林里。去过的人说，他的家不是一栋房子，是一座宫殿。

老板属于老一辈能吃苦的法国人。作为一个白手起家、艰苦创业、最后迈入富人阶层的法国新贵，他的谈吐做派和中国沿海的外贸厂商老板很相似。他的第一家服装厂开在波兰，客户在法国。他的卡车每天夜里从波兰发货。老板带着一个手下，天不亮就起来卸货，大包小包地为各大法国大众服装品牌扛来了时尚。中国纺织业崛起之后，老板敏锐地嗅到了一个新的时代，他解散了波兰的工厂，经朋友介绍和一个中国合伙人一起在上海成立了服装贸易公司。

法国小贸易公司升级成了横跨欧亚的服装集团。集团的总部在比利时，资源配备是一个财务公章；销售分公司在法国，人员配备是一个业务员和一个会计；集团的重头在上海，配备跟单员、质检员 35 个人，他们忙得团团转，负责把法国接下来的服装订单外包给江浙一带的服装厂。老板每天一进办公室就打开网络视频，电视机里每天直播着上海分公司的工作情况。有几次，客人不满老板发货晚了，开了罚单，老板还拍着桌子和电视机里的中国服装厂老板较劲。每两个月，老板就飞去上海一次，处理各种问题。

几个月前老板招聘我的时候说："我喜欢中国人，干活勤快。"几个月后老板跟我抱歉再会的时候说："我准备关闭法国的分公司，撤退到比利时，节约开销。中国公司的订单也会慢慢往孟加拉转移，那里的人工更便宜。我已经物色好了孟加拉分公司的人选了。中国目前还有一些技术优势，外套啊什么的还是中国厂家做得好，孟加拉目前只能做T恤和毛衣。技术发展是很快的，中国纺织业也是从零开始发展到今天的。我必须走在时代的前面。”

我失去了工作，我不想抱怨太多，也没有抗议的习惯，我忙着想办法如何也能走在时代的前面，因为我也是一个中国制造，充满危机感，充满战斗力。

中国制造的黄金年代已经过去了。那中国创造呢?

第十六章

变形记

打开衣柜，按照今天的心情给自己搭配衣服。修身的牛仔裤，简单的白衬衫，我觉得自己很美。

请原谅我的狂妄，但如果不这样就会活不下去。

我的头发和眼睛都有些发黄，长得有点像新疆人。小时候，我这副“假洋鬼子”的样子很讨人喜欢，听大人们说我还被几个峨眉电影制片厂的文艺同志拉去试过镜。我是一个成绩不错的初中生，长得可爱，田径队主力，颇受男同学欢迎，自己也洋洋得意。不幸的事儿发生在高中时代，疯狂的学习让每个人都长时间必须坐在桌子前，体育课也成了各个高考科目老师瓜分的“殖民地”。缺乏锻炼的同时，家长们为了“保证孩子学习”，不停地给孩子们“补充营养”。我的成绩直线下滑，但体重却直线上升。有一天走进教室，所有的男同学都开始哄堂大笑。原来他们正在谈论班上女生的外貌，给每个走进来的女同学打分。由此，我第一次知道我的外表在中国男性的眼中已经变成了不受欢迎的样子，因为在他们看来我太胖了。

我一直是个对美特别敏感的孩子，小抽屉里都是自己搜集的女明星照片。少女都爱做梦，我希望像她们那样美丽，得到赞美。从大家眼中的漂亮女生变成了被男生嘲弄起哄的对象，这件事极大地伤害了一个少女的自尊心。不幸的是，这件事愈演愈烈。越大的孩子就越喜欢谈论异性的外貌，而我成了一个始终被大家排除在漂亮女生以外的人。周围所有的人都在有意无意地给我传达着一个明确的信息：我绝对是不漂亮的，我的外表是有问题的。漂亮指的是那些身材纤细、下巴笔尖、长发披肩、说话温柔的女孩。

大学时代住校，终于可以自己主宰饮食起居，没有父母成天追着让自己多吃一点。夏天，每天不吃晚饭，跳舞一个小时，一身大汗。一个月之后，真的瘦了。众人来夸："哎呀，真的瘦了，瘦了。"一个长期以班花姿态示人的女同学还特别来鼓励："光是看脸的话，你真的是我们班第二漂亮的女生。你一定要好好减肥。"那些久违的赞美终于又回来了，我居然又重新回到了漂亮女孩的行列。这感觉太好了，我马上去买了一些以前从来不敢穿的修身衣服，兴高采烈地穿上它们出门拥抱大众去了。

终于又回到了美女的行列了啊。

一个人可以一个月不吃晚饭，但是不可能一辈子不吃晚饭，尤其是寒冷的冬天。辛苦减下来的体重很快又回来了。一场变形记，我又再次脱离了漂亮姑娘的队伍。我还是一样的我，而体重上下十公斤，在人群中的待遇竟是有这样的天壤之别。

如果要得到大家的认可，就必须刻薄自己一辈子。

虽然想努力成为别人喜欢的样子，但是我内心深处对大家公认的那些美女一直抱着半信半疑的态度。我觉得她们其实个个都很俗气。我并不是真的喜欢她们，只是迫于群众压力不得不面对她们百花魁首的正统地位。她们纤细苍白，唯唯诺诺，对任何人都面带微笑，对任何事都欣然接受，对任何丑陋和邪恶都视而不见，避而不谈。而我欣赏的那些欧美电影里的女主角们恰恰并不是中国人喜欢的美女的样子。她们身材健美，自信独立，滔滔不绝，幽默直率，性感可爱。我固执地觉得她们才是真的魅力四射，比我周围的那些公认的美女们强千万倍。我再也不逼着自己减肥了，我没有那样的毅力也没有那样的动力。为什么要强迫自己向一个自己不认同的标准靠拢呢？世界那么大，“瘦女人才美”这个标准未见得是唯一的呢。

世俗并不会因为一个人的觉醒而立刻改变。当所有人发现我在对抗这种集体审美暴力时，他们变本加厉地攻击我，因为他们想打败我，让我屈服。这所有人里面，有专制者——希望女性弱柳扶风以彰显自己雄性魅力的男人；有奴隶——责无旁贷无条件迎合男性的各种苛刻标准的女人；有帮凶——以为自己是“合格品”就代替男性来肆意评判女人的女人；还有被殖民者——因为身高、体重、肤色、眼皮、胸围等各种原因主动把自己打入冷宫的“丑姑娘”。

走在大街上，发宣传单的小弟跑过来：“姐姐，我们健身房有魔鬼减肥计划。你快来报名，前 50 名五折，保证有效。”

去商场试衣服，服务员白眼：“我们这是淑女装，不适合你。”

在中央电视台法语频道工作，靠自己的实力争取到了做主持人的机会。同事去跟领导反映意见：“她太胖了，怎么能当主持人？”

参加社交活动，朋友介绍我是电视台主持人，对方说：“不会吧，这样儿也行。”

出席外交工作宴会，一位素不相识的中方工作人员凑到我面前说：“你这么胖了，还吃？”我放下盘子铁青着脸，法方工作人员知道后对我说：“如果在法国，这样粗鲁地对一位女士说话，他肯定会挨耳光。”

参加朋友开的舞蹈班，作为老师的她热情地鼓励我：“不要怕，很多比你还胖的女人都跳得很好。”我根本没有害怕，我只想跳舞。

和一位女友在咖啡馆，帅哥一枚走过。我开玩笑：“真有魅力，可惜我都结婚了。”她想也没想就回答：“帅哥喜欢美女，喜欢身材好的。”

在很长的一段时间里，我被迫接受了世俗对我的评判，我认定自己是个和美丽无缘的女人。我不敢穿短的上衣，因为我要遮住臀部以上的所有部位；我出门之前会反复照镜子，生怕臀部没有被遮掩好；我只穿深色的衣服，因为我不想引人注意；我不敢高谈阔论，因为作为一个不苗条的姑娘，那样未免太不低调，还会招来更多的非议。按照大家的要求，我总是垂头丧气，浑身散发着不自信和自认低人一等的气息。我始终无法自信地面对异性，包括欣赏我的异性。

在这场与世俗审美的较量中，我的自信心被彻底击垮了。我已经放弃了要做你们拥戴的美女，我只想做个活泼可爱的女人，你们为什么还不放过我？我一发光，你们就马上跳出来镇压我，让我乖乖滚回你们划定的阴暗角落。

在中国人的文化里，有一种对女性公然的舆论暴力，公开地取笑一个女性的外表是老百姓喜闻乐见的娱乐方式。衡量女人，中国人有一个非常统一的标准：即瘦弱、年轻、温顺。瘦弱就是五千年男尊女卑的封建思想对女性外貌的核心诉求。被历史宠坏了的中国男性执着于柔弱女子并不奇怪，不瘦不弱，他们还怎么统治女人呢？奇怪的是作为被歧视和欺凌对象的中国女性从来不反抗，还助纣为虐。她们对男性的标准津津乐道，并用这些标准作为武器互相攻击。你们说我胖，因为你们庆幸自己恰好很瘦吗？那何不让我来说说你们的黑皮肤、单眼皮和小乳房呢。这是不是对你们最好的回击呢？我很想攻击你，但是我没有。

相煎何太急？

成长的过程中，我们总是被教育：一个女人最可悲的下场就是没有男人要。因为害怕没有男人要，女人一直无条件地接受男人制定的各种野蛮法律：减肥、增高、割双眼皮、小胸变大、大胸变小、去掉皱纹、缩紧阴道。女人们没完没了地折腾自己，最终还是没能让男人满意，因为女人终归是要自然衰老的。到了那么一天，当男人们要求的事情我们真的做不到了又该怎么办呢？我们如何才能捍卫来之不易的某某夫人的正统地位呢？一边唾骂外遇不断的男人忘恩负义，一边用“谁让自己老了胖了”为男人进行道德开脱吗？

在很多中国女性的价值取向中，嫁入豪门是命运的最高恩赐。我们生在新时代，受最好的教育，做最好的工作。但是，一切的一切，最终还是为了被最好的男人挑选上，我们才能物尽其用。这个最好的男人一定会像爸爸一样宠我爱我，一生一世。女人们奔走相告：得到男人靠美貌，降伏男人靠撒娇。事实真的如此吗？美丽如关之琳，也没有逃脱丈夫新婚就出轨的厄运；仙女一样的林青霞，如花的年华耗在了错误的爱人身上，人到中年伤心嫁做商人妇，最后还是因为未能生育儿子被丈夫妥善安排。男人如此不义，女人如何是好呢？别急，七姑八姨来教你如何抓住男人的钱，如果你再也抓不住男人的心。男人抱怨女人拜金，女人抱怨男人好色，中国式的男女关系已然成了一场钱权与美色的交易。这又怪谁呢？既然无条件迎合也是一场空，那为什么还要去迎合呢？

事实摆在眼前，忍气吞声只能永远抬不起头。女人，当你涂脂抹粉，马不停蹄去取悦男人时，请你问问自己，你会尊重一个因为有求于你而始终迎合你的人吗？21世纪的中国女性，我们可以读最好的学校，做最有挑战的工作，领导最伟大的创业，在工作和家庭中兢兢业业，可是我们的人格还是没有独立。一旦摊上会不会没有男人要的这个问题，我们还是害怕地立刻显出我是女人我有罪的原形。

时代已经解放了，我们还是不愿意解放自己。

我睁大眼睛看着镜子里的自己，我不服气。我的确不瘦，但绝不是他们所说的那样难看。我穿上裁剪合适的小黑裙或中式旗袍，会有好看的女性曲线。这不就是一个成熟女人本来的样子吗？我哪里有他们说的那么可怕？为什么他们那么想把我打入地狱？是谁规定了美只有一种模式？我再也不想投降了。我要好好爱自己。

我很幸运。我熟悉两门外语，我可以了解外面的世界。每当我对我所生活的环境中的人们的想法有所怀疑，我就会到另外一个世界里去求证。很多被中国人奉为真理的东西，一旦放在全世界全人类的范围内去看，却是那样荒谬愚蠢，不堪一击。我们畸形的审美观就是一个典型。

女人的美，千姿百态，根本就没有一个固定的标准。美国总统奥巴马的夫人米歇儿是美国人心中最有魅力的女性，很多中国人一定会把她划为丑姑娘，因为她是黑人，因为她不瘦弱。我见过很多充满魅力的法国女性，她们或年长，或有皱纹，或矮小，或高大。当我和她们交谈时，她们浑身上下都散发出一种迷人的魅力。我甚至不得不出于礼貌，强迫自己把目光暂时挪开一下。否则，我会像饥渴的人看见面包一样，用眼睛把她们吃下去。她们的身旁站着深爱着她们的男人，他们像我一样深情地注视着她们，无法移开自己的眼睛。如果她们放弃自我，选择追随法国时尚杂志上宣扬的那些美女样本，那么她们肯定会失去所有的自信和魅力，也会失去这些能够真正欣赏她们的人生伴侣。

我有一些外国的朋友和同事，他们时常会夸奖我聪明、真诚、幽默，赞美我有魅力。他们从来没有觉得我比一般中国女人大一圈是个问题，倒是觉得很多中国女人不可思议，瘦得像还没发育的小女孩，还在拼命减肥。

在胖和瘦这个问题上，再也没有比中国女人对自己更刻薄的人了。我决定和这个问题做个了断。不管别人如何看待我，我总可以悄悄地觉得自己挺美吧。我必须先欣赏自己，才能有能力去抵抗别人的攻击。为了对付那些总是不痛不痒地来讽刺我的人，我想好了一句既能够有力回击他们，又不会让矛盾升级的话：“我觉得我这样挺好。”

法国领事馆的国庆宴会，美食美酒，高朋满座。一个中国女同事端着盘子对我走来：“你还吃，该减肥了。”

“我觉得我这样挺好。”我第一次使用自己研制的轻型炸弹。

她非常吃惊地看了我一眼，然后转身走了，去寻找她的下一个攻击目标。从此，她再也没有来招惹过我。

每当我又遇见牛鬼蛇神，我总有一个护身符：“我觉得我这样挺好。”

我再也不难为自己了。穿上色彩艳丽的波西米亚裙子，去参加所有我感兴趣的活动，同有意思的人热烈地交谈。一件奇怪的事情发生了，喜欢我的人越来越多，欣赏我的男士也越来越多，有中国男士，也有外国男士。我曾经问过他们：“你们不觉得我太胖了吗？”猜猜他们怎么说——“我觉得你这样挺好”。这个压在我身上这么多年的枷锁，终于慢慢解开了。

我看着镜子里的自己和几年前的照片：我明显比以前老了一些，胖了一些。为什么现在反而有那么多人喜欢我，几年前根本没人理睬我呢？很简单，因为现在的我接受了自己，爱自己，而以前的我只是嫌弃自己。谁会爱一个连自己都嫌弃自己的女人呢？

我去过几个欧洲国家，交往过很多的外国女性朋友。我可以很肯定地说：“中国女人，非常优秀。”我也必须很遗憾地说：“中国女人，非常可惜。”她们始终抬不起头，她们始终不接纳自己。

在法国的相亲网站上，大部分人法国人寻找另一半的标准是兴趣爱好和性格人品。有的人还会邀请你做一些心理学家设计的个性

◇ 我不是“美女”，可我觉得我这样挺好

测试，以此来判断你们是否有可能相处融洽。女人的外貌和男人的财力恰恰并不是他们相互最看重的东西，至于文凭、工作之类的事儿更是不会见面就提。法国男人夸奖一个有魅力的女人，经常用到的词汇是：聪明、幽默、独立、善解人意、有个性。走在法国的大街上，经常会看见一些年轻帅气的小伙子拉着一位年长的魅力女子的手，卿卿我我，和谐美丽。如果这位女士还有两个不跟这位男士同姓的孩子，也没有任何人感到惊奇。曾经，法国女人也被迫要纤腰束胸来赢得男人的欢心，但是她们鼓起勇气推翻了压在她们身上的一切，为自己争取到了从容优雅的权利。今天，法国女人绝对不会允许任何人用身高体重、年龄大小、是否离异、是否生育来给自己划分等级，法国男人也不会觉得只有某一种模子刻出来的女人才有魅力。

现代社会，恋人之间最终只能发展为一种互相合作的伙伴关系。无论是职业女性还是全职母亲，女人在亲密关系中都起着非常重要的作用。她所扮演的角色本身才是两个人关系是否融洽的核心，她的性格和智慧才是她的最终魅力。对于女人外貌的苛刻要求，早就应该和女人足不出户的封建社会一起被历史埋葬了。

和自己和解是一件最困难的事，也是最容易的事。人没有办法改变别人，只能改变自己。和自己和解也是好好活下去的唯一办法。这个世界对女人已经有太多的偏见和敌意。如果今天我们选择继续低头苟且，明天，我们的女儿，还会继续为了减肥而饿肚子，为了假乳房挨刀子。

当所有的女人都为自己而活，这个社会才会停止强加给我们任

◇ 谁规定了我不能美丽?

何东西。女人只有真正地人格独立，才能不害怕没有男人要。女人可以减肥，可以美容，但这是为了取悦自己，而不是别人。女人可以谈恋爱，组织家庭，但那也是为了自己，不是为了被男人要。

你相信吗？你越害怕就越没人要，你一不害怕就会有人追着要。你越嫌自己胖你就越丑，你越爱自己就越有人夸你漂亮。

每一天，我都在不断地变老；每一天，我都要变得更有魅力。我可以不减肥，但是我要光彩照人。我可以去运动，但是是为了自己的健康。我一点也不担心男人要不要我的问题，任何时候，我都有重新出发寻找更合适的伴侣的勇气。我如此美好，他如果不好好爱我，我便不要他。

我不是美女，可我觉得我这样挺好。

后记

Postscript

写完这十六篇文章，我大大地松了一口气。

从 2010 年第一次踏上比利时的国土，我已经在比利时和法国生活了六年。这六年，我从一个骄傲忙碌的中国白领变成了手忙脚乱的新手妈妈，从苦闷不堪的全职母亲磨炼成了气定神闲的写作爱好者。我积累了太多的故事想和你们分享，我想你们一定会觉得这些故事很有趣。

从少女时代起，“西方”就对我充满了强烈的吸引力。“西方”到底是什么样呢？外国真的比中国好得多吗？我带着巨大好奇心，学外语，留学，当翻译，移民。我前半生的生活几乎就是一场不停向西的旅行。

坐在国际航班上，空姐来送饮料。中国人都要喝咖啡，外国人却要喝绿茶。我在法国的旧货市场闲逛，法国人拉住我问哪里可以找到明式家具，中国人在宜家家居里拼命地挤。咖啡馆和西餐厅占据了中国各大城市的商业黄金地段，佛学、禅修、太极却在法国民间慢慢落地。中国人浩浩荡荡地在凯旋门下留影，在香街上狂扫奢侈品，法国人却悄悄捧起《庄子》和《易经》，到云南去寻觅他们心中的桃花源。在这个不停交汇的洪流中，法国人似乎比中国人更清楚我们真正的财富在哪里，而中国人对法国的浪漫幻想却让他们嗤之以鼻。

我越往西走就越发现东和西其实只是一个轮回，并没有谁对谁错，孰优孰劣。你方唱罢我登场，只要是人，最后还是会殊途同归。所有西方有的，我们没有的，以后都会慢慢有，但是我们必须要自己去争取。很多我们有的，我们想扔掉的，恰恰是经历了工业文明的西方苦苦寻觅的。因果轮回，相生相克，西方人也是付出了惨重的代价后才明白了这个道理。唐僧西去印度取得佛学真义，我西去比利时和法兰西，我想明白世界在哪里，中国又在哪里？

7 月，初夏，天还有些凉意。我站起来准备加一件衣服，我家的“外国人”却习惯性地要开暖气。

8 月，盛夏，外面骄阳似火。我起来第一件事就是打开所有的窗户，通风透气。“外国人”却不同意，他认为打开窗户就会让外面的热空气都跑到屋子里。

女儿感冒了，我不会马上给她吃西药，我给她煮葱白水。一天，邻居来问我要葱白水的“神奇药方”。

冬天，我在超市里选了几块生姜，一个法国妈妈凑过来问我，生姜有什么用？我给她讲怎么做姜汤预防感冒，暖身驱寒。

洗衣机响，衣服洗好了。先生说：“糟了，没有烘干机，要带上湿衣服开车去妈妈家。”我拿出一根绳子，表演给他看怎么晾衣服。

洗洁精用完了，“外国人”不知道怎么洗碗了。我打开热水，教他如何只用热水把碗洗干净。

“外国人”讨厌他的老板，说她亲近小人，徇私舞弊。他总忍不住想和她当面决裂，痛痛快快地吵闹一场。我告诉他，物极必反，顺其自然。昨天，他告诉我老板在开会时对员工哭诉，说没有一个人喜欢她，她要辞职走人。

我从不知道我的祖先留给了我这么多智慧。我越往西，这些智慧就越来越在我身上发光，他们是我真正的财富。西方人已经在改造自然和极致工业化、法制化、程序化的路上走得太极端，也给这个世界带来了巨大的问题。道法自然，与人为善恰恰是他们最终渴望的精神家园。

这一场向西的游历还在继续。我想有一天，我一定会回到我出发的地方。

中国的位置就在我们中国人自己的心里。

2016 年 5 月 25 日

法国，里尔